杜涯著

落日与朝霞

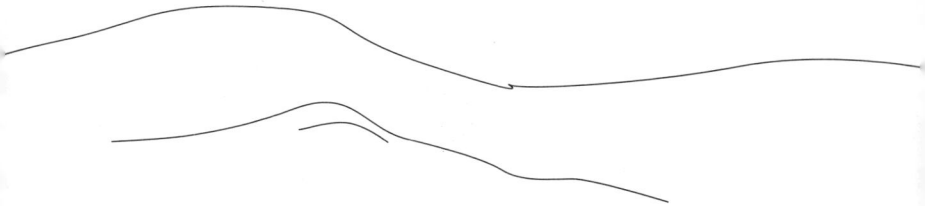

杜涯诗选

2007—2015

山西出版传媒集团　北岳文艺出版社
BEIYUE LITERATURE & ART PUBLISHING HOUSE

·太原·

图书在版编目（CIP）数据

落日与朝霞：杜涯诗选：2007-2015 / 杜涯著 . — 太原：
北岳文艺出版社，2018.8
（天星诗库·新世纪实力诗人代表作）
ISBN 978-7-5378-5674-4

Ⅰ.①落… Ⅱ.①杜… Ⅲ.①诗集－中国－当代 Ⅳ.① I227

中国版本图书馆 CIP 数据核字 (2018) 第 196140 号

书名：落日与朝霞   著　者：杜　涯   特约编辑：李　飞
杜涯诗选：2007-2015   出 品 人：续小强   书籍设计：张永文
责任编辑：刘文飞   印装监制：巩　璠

出版发行：山西出版传媒集团·北岳文艺出版社
地址：山西省太原市并州南路 57 号　邮编：030012
电话：0351-5628696（发行部）　0351-5628688（总编室）
传真：0351-5628680
网址：http://www.bywy.com　E-mail：bywycbs@163.com
经销商：新华书店
印刷装订：北京盛通印刷股份有限公司

开本：880mm×1230mm　1/32
字数：218 千字　印张：9
版次：2018 年 8 月第 2 版
印次：2018 年 8 月第 1 次印刷
书号：ISBN 978-7-5378-5674-4
定价：42.00 元

代序 | 心之所切是屋顶以上的事物

一、杜涯前期诗歌中的时间流逝

　　和许多诗人一样，杜涯诗歌的主题是"时间"，但她跳过了"时代"，而直接面对"时间"本身。在早期较完美的《那座城》里，你看到的可以是一座现代的城，也可以是一座汉代或宋代的城，在这里，你感觉不到"时代"的变化。这也许是因为这座城确实没有多大的变化（一座古城），也许是因为诗人感觉和想象中的城是一座理想的城。但在这座没有"时代"变化的城里，"时间"却在变迁，风在吹，叶在落，童年在遥远，怀念在加深，古往今来的花开花落、鸟飞鸟留、季节更替、人事倏忽仍在继续。我有时想，杜涯就好比一个汉魏时的诗人来到了我们这个时代，不过是在用白话文写诗而已。

　　这带来杜涯诗的好。好在她直接达到形而上学的主题：时间和对时间流逝的痛切感受。"我观察到一些事物消失得缓慢／而另一些事物却正在迅速消逝"（《北方安魂曲》）。可以说，杜涯经由个人的体验抵达了哲学的层面。她的长诗《星云》是同时代诗人中罕见的具有形而上学深度的作品，尽管我认为结构尚可以紧凑，意象尚可以更新，但瑕不掩瑜，这首 520 行的长诗气势磅礴而不

注：本文第一部分写于 2009 年 2 月，第二部分写于 2014 年 3 月。有删节。

空洞，从个人全部的生存体验、苦难、困惑和反思出发，追问在永恒的流变面前生命的意义问题，它涉及创造与虚无、寂灭与存在、存在的意义与无意义、悲哀与怜悯、记忆与当下、命运与聚散、永恒与短暂等，里面有一些精彩绝伦的句群和洞察。我们可以将它放在屈原《天问》、张若虚《春江花月夜》，乃至郭小川《望星空》这个传统里，我认为它是杜涯到目前为止最有分量的作品，也是当代少数有思想深度和高度的长诗之一。这类诗在西方传统中相对多一点，从歌德到马查多，都不得不面对根本问题。考虑到杜涯是一个通过自我教育而成长的诗人，又在相对封闭的地方生活，因此她的这种追问显得更加自发和源始，更加具有生命自身的迫切性和真实性。一个诗人通过对虚无的"惊奇"把思想提升到如此的高度，不能不说是一个奇迹。

在短诗中，我认为《河流》一首可以进入任何诗选本而不逊色，同类诗作中也许只有小海《北凌河》可以与之媲美。"河流"这一意象本身具有丰富的历史和哲学意味。中国从孔子和老子开始，西方从赫拉克利特开始，关于河流有一连串的脚注。杜涯这首《河流》的最后一段照耀了前面的内容并提升了它。《纪念童年》与此类似。如果说她早期的诗尚有些发虚发飘，走入 30 岁以后则越写越好，它意味着诗人的世界观渐趋完整。我认为好的诗还有《春暮》、《被光阴伤害的人》（二）、《一个名字：花好月圆》、《无限》、《空旷》、《自述》、《是否我的命运不够》、《采石场》、《偏远》、《北方安魂曲》。其他的诗有的有一些句群和句子很精彩，但让人觉得结构上尚需精制。

杜涯的诗跳过"时代"直达"时间"，也有一些弊端。这表现在她的诗歌意象基本是前现代的，花草树木的频繁出现容易造成空泛化。当代社会在她的诗歌中几乎阙如，缺乏当代性实际上也就是缺少历史性。不过，当我这样说时，也意识到以此要求一个诗人有些过分。因为我们去理解一个诗人时，要首先抓住他（她）提供了哪些独特的东西，呈现了哪些正面的东西，而不是缺乏什么，不能要求他（她）是个全能冠军。一个诗人，如果能把某一点做到极致，做到有独特性，就对诗歌有所贡献。同时，时代性和历史性很难说清楚，你觉得"不具现代感的"花草树木也许更具有"后现代性"呢？

　　杜涯在这个时代的诗歌地图上，提供了一个可"怀"之"乡"，所以，读杜涯的诗，我常会有回到童年和少年时期的感觉，那正是我们这代人在当代中国这场以三十年时间压缩式复制西方四百年现代化的世界史上史无前例的大变动中，对于童年时传统农村生活和农业社会的本能怀念，以及作为过渡的一代对现代城市生活的一些本能的不适应。我们见证并体验了这种矛盾、分裂、焦虑甚至痛苦。（这对应于西方现代化进程中的各种浪漫主义和保守主义的怀乡冲动。）也许过一二百年后，后现代化和生态化的人们，会觉得我们这个时期是个异常的时代，而重新回到杜涯的花草树木、星空云彩和山脉河流的世界，在受到虚无威胁的短暂的存在中互相亲爱了。

二、近作中的为世界"赋情"

　　写诗是一项艰苦而有风险的事业，说它"艰苦"，是因为它是完全"无用"的，跟"谋生"恰恰相反，因此在越来越功利化的社会中，"诗人"成了一个带贬义的词语；说它"有风险"，是因为写诗需要才华和悟性，平庸者即使写一辈子，也不过是"废话生产者"罢了，写了等于没写。即使有才华者，真正能让人记住的能有一两首就不错了。因此虽然现在发表的门槛已低至零度，真正能把诗歌当作事业（不是职业）的严肃诗人并不多见。毕竟大多数人要"谋生"，要"养家糊口"，"无用"的诗歌对此是帮不上忙的。辛波斯卡看到这一点，说自己很幸运，能够衣食无忧，有闲暇写诗，提供看世界的别的角度（诗歌的角度）。作为人生的奢侈品，诗歌在古代是贵族才能做到的事。杜涯在少年时就显露出了写作的才华，但生活对于她过于沉重，她没有像一些体制内（如作协）作家那样享受到基本的生活保障，却必须在贫病交加中坚守，单这点就值得我们肃然起敬了。

早年杜涯曾说过："我关心的是屋顶以上的事物。"高处、山峰、星空、夜星、澄明之光，这些意象对于杜涯不只是物象，而是带有精神家乡的意味，是可以从粗重的物质生活负累中出逃的逸出之所。从很早的时候开始，杜涯就通过诗歌的默想建立了一个属于自己的灵性（或精神，spirit）城堡，从某个角度说，是她自己的神话世界、幻象世界。但跟"先知书"以及布莱克、叶芝这类通过奇观来建构另类空间的幻象派诗人不同的是，杜涯更附着于这个世界的物象，是从此世密布的阴影中的一种精神逃逸和短暂吐气（如《高处》中的那个"至爱者"），而且受文化传统和现代观念的影响，彼世的场景在她这里尚未呈现出清晰的细节。

在 2008、2009 年的诗歌中，在写作技法上，杜涯有了构造新词的倾向，在写作主题上，"归乡"越来越成为她的现实和词语筹划。虽然在题材上仍以她熟悉的乡村景物和生活为主，原本习惯现成词语的她开始造作新词。据杜涯回忆，2008 年她重读了李贺的诗，受其影响，自造了一批奇崛和陡峭的词语，如"磐念""永续""青黛心""长缓""永在""沉埋""棉马""空劳""永暗""温宁""速沉""寂芳""曲路白现""群山乌滚"等，这些词我觉得大部分还是很有表现力的，特别是"曲路白现""群山乌滚"这样的组合，令人想起西北民歌"两个眼睛毛洞洞"里"毛洞洞"这样独特的词汇。杜涯的诗中常常出现"至爱者"和星空，我们可以视之为生活逼迫出来的"盼望"，虽然它尚有模糊之处（这也是所有现代人的精神处境），但总算能令我们"逃出生天"了。

　　在 2009 年的诗作中，"还乡"的主题越来越突出。这些诗笔调庄重，有汉译荷尔德林的精神风骨。像"在围墙外，在旧日的树丛边，我多想／坐下来，歇一歇我这疲惫人的步伐"这样的句子，化用了荷尔德林高迈的诗句，而又融入了杜涯自己的处境。在另外一篇文章中，杜涯还谈到了里尔克。杜涯对这两个诗人的喜爱是发自内心的，与他们有共感的，因为她的精神和现实处境跟他们有非常相似的地方，漂泊流离，在世俗生活中举步维艰，因此"故乡"之于他们不只是一种物质、肉体上的存在，更多是一种精神的依托和创造。荷尔德林看到的是圣餐变体式（面包和酒）的物质之化为精神，混合了希腊和基督教的双重传统，里尔克在二十世纪初无神论氛围中的降神仪式虽已不合时宜，但有同时代的叶芝之幻象主义引为同调，他们都跟圣经、基督教唯灵传统（如五旬节派）、异教（如诺斯替、神智论）乃至弥尔顿、布莱克这样的宗教诗学有着血脉相通之处，因此，他们的诗细细读来，仍可视为"神隐"之后留在世上的残存足迹，所以这类诗人的视野都是"双重视野"，在看到普通人看到的物象之时，还能看到普通人看不到的另一层灵性境界。杜涯的诗无疑是在朝着这种"双重视野"迈进。

　　杜涯这几年的新作中，就整体的效果而言，我认为优秀的有《高处》、《挖煤工》、《发现》、《星夜曲》、《忧歌》、《第二年》、《漫步》（之六）、《给母亲》等。2008年作词语试验的一些诗，虽然在个别词汇上有表现力，但有时喧宾夺主，整体上难以留下完整的印象。诗人还做了一些句法试验，如《春柳》中对三字词或三字句的用法以增加活泼性，这当然是有益的。从少年时代就养成的对于词语和句式的严谨与敏感，使得杜涯在这方面还是比较丰富的。

　　作为读者，如果说有不满足之处，我觉得是在于杜涯的题材和主题比较狭窄。杜涯是我的同龄人，人到中年，世界显露了它的无动于衷的客观面貌，也许是一个好事，我们无须再像少年时一样矫情，按一种 idea 硬写出一片天光，而只需围绕着自己的生活写开去，包括杂陈的五味，悲喜苦乐掺拌。一定只要愁苦或一定只要喜乐，一定只要黑暗或一定只要光明，或二元的单纯对立，已不能符合我们对于生活的切身感受。也许那种生活的混沌，才更逼近于真实。

周伟驰

目　录

卷一 | 忧歌（2002—2009）

后记 | 向着朝霞，向着落日，向着永恒

卷一 | **忧歌**（2002—2009）

河　流

二十岁的那年春天
我曾去寻找一条河流
一条宽阔的静静流淌的河流
我相信它是我的前生

从童年起我就无数次看见它:
在瞬间的眼前,在梦中
只让我看见它:几秒钟的明亮
然后就渐渐消失了身影

那条大地上的孤独流淌的河流
它曾流过了怎样的月夜、白天?
它曾照耀过哪些山冈、树林、村庄?
又是怎样的年月带走了它,一去不返?

永远消失的光明的河流:我不曾找到
那年春天,我行走在无数条河流的河岸
无数的……然而它们不是逝去的从前:
它们不知道我今生的孤独、黑暗

泛着温暖的微波，静静地流淌
仿佛前生的月光，仿佛故乡
然而却总是瞬间的再现
我无数次的靠近使它始终成为远方

多年的时光已过：从二十岁到这个春天
我看到从那时起我就成为了两个：
一个在世间生活，读书、写作、睡眠
一个至今仍行走在远方的某条河流边

2002-5-6

落　日

有一年深秋，在我放学回家的路上
在一片树林的后面，我看到了落日
有一刻我屏住了呼吸，世界一下子静极：
在遥远的地平线上，落日正
滚滚远去——好像一条
河流的远去
我面前的大地苍茫、空阔
晚风从树丛中吹过
仿佛宁静而凄凉的歌……

后来我长大了——
一年一年，我看到落日
一年一年，我看到落日在远去
没有人告诉我：落日的故乡
我也始终不知道
落日去了哪里

现在当我衰老，我想知道生命的归宿
世上的人，如果有谁知道我的故乡

他就会知道时间之箭的方向、沧桑、忧伤

如果有谁告诉我大地、彼岸、无限

他也就告诉了我星与星的距离、相望、长念

如果有谁能告诉我落日的去向

他就告诉了我，为什么我会在大地上驻留

驻留又漫游，然后苍茫、凋谢、西沉、飞翔……

2002-11-7

2007-10-22 修改

无　限

我曾经去过一些地方

我见过青螺一样的岛屿

东海上如同银色玻璃的月光，后来我

看到大海在正午的阳光下茫茫流淌

我曾走在春暮的豫西山中，山民磨镰、浇麦

蹲在门前，端着海碗，傻傻地望我

我看到油桐花在他们的庭院中

在山坡上正静静飘落

在秦岭，我看到无名的花开了

又落了。我站在繁花下，想它们

一定是为着什么事情

才来到这寂寞人间

我也曾走在数条江河边，两岸村落林立

人民种植，收割，吃饭，生病，老去

河水流去了，他们留下来，做梦，叹息

后来我去到了高原，看到了永不化的雪峰

原始森林在不远处绵延、沉默

我感到心中的泪水开始滴落

那一天我坐在雪峰下，望着天空湛蓝

不知道为什么会去到遥远的雪山

就像以往的岁月中不知道为什么

会去到其他地方

我记得有一年我坐在太行山上

晚风起了，夕阳开始沉落

连绵的群山在薄霭中渐渐隐去

我看到了西天闪耀的星光，接着在我头顶

满天的无边的繁星开始永恒闪烁

2005-5-27

岁末诗

又一年的光芒从窗外呼啸着远去了
我仍对时光怀着无言的忧伤
在清晨疼痛，夜晚彷徨
我深居楼房，却想着远处冰冻
的河面，和天晴后树林那边的雪原
我偶尔出门，只是为了看一看山冈
看一看冬天的黄昏：刮了一天的风
最终会停息在向晚的树林
有时我会在一个工地停下来
看那些寒碜的农民在风中瑟缩
想象他们在故乡的田野、房屋、年岁
有时我坐在窗前看夕阳沉落
因它的滚滚远去而心怀黯然
岁月，却不因我对它的关注
而改变什么：生命终是
如东风无常，人间却有拟造的欢乐
就像现在，那些农民领到了一年
的工钱，在工棚中收拾着肮脏的铺盖
邻居们在楼下热烈谈起过年的白菜

粉条、孩子的寒假，而收废品的人
从楼道里收走了今年最后一车废品
寒风中的吆喝声渐行渐远
我坐在窗前，看阳光在树枝间细碎、冰凉
听见风吹过屋旁的树林
地上，陈年的枯叶翻卷

2005-1-13

空 旷

记得在过去的岁月，正月里

我总是一个人去到城外的田野，只因

无法融入满城的欢乐，新年的人群

是的，我承认，我是个黯淡的人

心里没有光明，也不能给别人

带去温暖，或光亮，像冬夜的烛光

我总是踽踽独行，怀着灰暗的思想

在落雪的日子里穿过郊外的雪原

在正月里去到阒无人迹的田野

那时没有候鸟，树木也都还没有开花

只有初绿的麦苗，和晴朗的天空

注：我19岁那年秋天，我的父亲因肺癌晚期而骤然去世，从发现患肺癌到去世前后只有一个多月时间。我毫无心理准备，无论如何也接受不了父亲去世的现实。最初的几年，每到过年时，看到别人家的团聚欢乐，我便会想起父亲在世时我们一家人过年也是多么地欢乐，这样看着想着，我便会感到痛苦不堪，甚至失声痛哭。所以那几年，每到过年时，我便会去到城外的田野，回乡过年时也会去到田野上游荡，为的是不触景生情，以减轻心中的痛苦。这首诗中所写的"记得在过去的岁月，正月里／我总是一个人去到城外的田野，只因／无法融入满城的欢乐，新年的人群"，便是那时的状态。直到五六年后，我才逐渐接受了父亲去世的现实，才慢慢敢面对"满城的欢乐，新年的人群"了。

2015年1月记

一整天，我都会坐在田野上
听着远处村庄里传来的隐隐狗吠、人声
听着来自蔚蓝天堂的隐秘声音
听着风从田野上阵阵刮过
吹过世代的寂静

现在仍是这样：二月已轰轰烈烈
翻过了山冈，春天的大路上走着新人
春天的河堤上刮过薄尘，柳树摇荡
在眼前，在远方，城镇开始了新生活
新的秩序排列人间的日夜
生活，它近在身旁，却又远隔千里
每日，我只是坐在窗前
看着地上的树木和淡白阳光
远处的河沿上不时走过一个或两个人
一阵尘烟过后，一切又归于沉寂
让人想起一些逝去的春天岁月
时间的长河带走了爱、温暖、欢乐
是的，每日，我穿过寂静的园子
心中怀着旧伤、彷徨、对旧日时光的留恋
听见风从头顶的树木上呼呼吹过
听见四周树木的微微摇动
几片去年的枯叶擦过树干，掉落地上
发出了春天唯一的声响

2006-2-15

偏 远

每年春天，山毛榉都会在那里生长
所有的事物再次被染亮，纯粹
除了浓绿，那里还有柿楸花的白
柞树花的黄和杜鹃花的红
四月，它们寂静地开了，映照着坡面
映照着溪涧，谷地，高冈。这一切
都是臆想：它开或落，它生长之地
几乎不会被人看到，不为谁知晓
我曾数次去过那里，那生长之地
除了寂静的盛开，我还看到了人类
三两个，四五个，或者仅有一人
在山腰的小院进出，劳碌，翻晒柿饼
或独自担着水桶、山果，走下坡谷
有时会有某个人出现在远处的山道上
很快地，被周围的群山、绿树、寂静湮没
只有风吹山林的声音，只有群山的寂然
让人怀疑刚刚的所见：是否影像，是否闪电
我想到了一些词语：穷乡，僻壤，深山
我想说的是：偏远

那是从前，那盛开，那劳作，那沉默

曾让我痛苦，对世间悲观

让我审视，怀疑：生命，以及造物

我是否足够勇敢，相向，深入，承载

我曾想过：留在那生长之地

我曾多次想过：请让我告别现在

告别我的浮泛，名声，语言

告别修辞，事物的准确或谬误

以及风，回忆，老年，遗忘

去到那生长之地

陪着无名，陪着万物的无言

寂默，无闻，顺应造物

让一切都是天然，接受，都是湮没，平静

一切也更不知，更深入，更偏远

在我的浮想里，我多次这样做着

重复着告别和到达。至今

我仍在这样做：放弃，重复，告别，到达

透过距离，透过时间的长臂

我看到了那生长之地，在那里

有一件事情自始至终存在着，呈现并清晰：

四月，鲜花会怒放在四周的群山

蓬勃，洋洒，轰轰烈烈

到了冬天，雪会落在那里

像它落在别处：它落在偏远里

那生长之地，它会成为天堂，梦想

时间的起止，万物的归宿

或者邮址，地名

天然的庄严的城池，肃穆的城邦

或者就是——它本来就是：

世界的中央

2007-5-2

团结湖路的改造

国槐花落的时候，民工们带着
铁锹和镐头来了，打夯机和挖掘机的
色彩的鲜艳，照映着他们衣服的破旧

蓝色的新地砖，碎石子，沙子和水泥
几辆卡车运来了塔松、紫玉兰、月季和冬青
花木的美丽也照映了他们尘土的汗泥

挖掘，翻土，平整，打夯机的节奏
挥锹，举镐，搬运，搅拌机的轰隆声
各就各位的他们，各就各位的花木

"新花坛为啥要用这种黄色的石子？"
"现在不是提倡和谐嘛……"
一天我路过时，听到几个民工的对话

原来领袖的话已如此深入人心——我在心中

———————————

注：团结湖路，位于北京市朝阳区。

感叹。而和谐继续：一车车新地砖、小花和草皮
在翻新的地面上铺下——显示了新的秩序

光阴、八月、九月，国槐花落在了新的路面
旧路旧坛会被人遗忘：它修在什么主张下？什么年代？
哦，我的祖国，一条路的修建也有诸多的承载

而民工们却一脸平和、善意，偶尔哼唱小曲
日复一日，他们转战在这座可以挣钱的城市
他们配合着家国，如同花草们配合着新路的和谐

他们筑造都市楼房、广场、街道、花坛
也筑造我心灵的边界——天空、树林、地平线
黄昏的伸延，满天繁星的辽阔，忧郁闪烁

只是我无法测量：他们打造着一个个和谐
而和谐的果实却远如星辰。他们仰望，离去
晃动着一个个飘忽的身影，滑进阳光的黑暗

2006-9-16

秋风辞

我写心中的一个地方
星光下我不敢想起，不敢仰望——
青春的归途，遗忘的家园
　　　落日的故乡
我写心中的一个角落
多年来我不敢触碰、翻阅
那里，深藏黑暗，贮满冰凉
像宇宙，像冬天的原野
　　　落满霜雪
我写一支无言的曲子，它缠绕，回旋
在我的童年，少年，我的成长
如秋天的树林在我眼前脱光了叶片
村庄静下来：万物归去了
大地一片寂灭

我写一条远逝的路
我沿着它一年年走去，如落日
一年年地远去：无法挽回，不再留连
它的远处是我心中的寒凉

我写童年的春光，少年的无边哀愁
人世上光阴的无情：屋中人已空
桃花在门外空自盛开，又空自凋谢
尘烟中季候的变更，日月的交替
譬如身外的秋天，已经无遮无拦
我写秋风中的北国：风声弥漫
许多的村庄边，场院外
正堆积着枯黄的落叶
原野上鸦雀伶仃，树林日益萧瑟
那无助的幼年走过的田野
无人光顾的道路旁，沟壑间
枯叶静静翻卷
静静地，落满寒霜

我写世间的动荡，变幻，无常：
谁言人世多韶光
我言人世有一世的秋风，一世的飘零
在怆然里我写下它万千悲凉
我写天空下心的疲倦，心的黯然
犹如三春和三秋的归去
大地在入冬后的空茫，黯淡
我写生命的老去，流年的枉然
此后的每一天，都是远逝
　　都是告别
向永恒的星群，永恒的自然

向这个欢乐与悲愁的世界

缓缓仁望：再见，我爱

再见……

我写下午的永逝

夕阳的滚滚远去，沉落

我写黄昏的无边，凄凉，壮阔：

生命的归宿，星光的家园

遥望另一个故乡，另一个星河

迢迢的时刻

2007-11-16

高　处

在从前，当我在清晨的熹光中醒来

树木翠绿，紧贴五月的山石

山榉和红桦树的光阴让小兽热爱

而在更高处，山崖陡峭，岩石排列

山峰已将庄严的影子印在青蓝的天空

很快，鸟声渐起，山谷明亮

群峰赛似壮丽，背面的天空

有如南风之家的巨大背景

我开始向高处攀登，五月的翠绿伴着我

一路闻听泉水，清风，鸟声

林木在远处森严，排列

并渐渐移向幽明的山谷

多少次我驻足，向森严和幽明里眺望

被它的绮丽、神秘和幻象诱惑

但我记着那高处：陡峭的山崖，巍峨的山峰

我记得幼年的经验，材料，芬芳，渴念

那是在五月，每当我向高处攀登

青春的荣耀的元素伴我同行

至爱者的面容在万物中隐现

当我望向高处：那万年无声，那缈蓝

在那里，时而触及星辰，满天星光垂挂

时而又峰峦明亮，孔雀的蓝衣铺展闪电

我知道，到达那高处还需要一段路程

而在我的脚下，年华已逝

两旁的树木迅速变换着季节

已然开花，俄而枯黄，继而落雪

许多的年岁已无声逝去了

像星辰在远处悄然黯灭

我知道我必须抛弃一切的形式

抛弃具体、日常，一切的物质、重量、形态

不再关注榆树的概念，生活的意义

我必须和自然的广在一起

和事物的存在、本心一起

现在，那高处依然庄严着天空

树木的青翠又一年伴着我

我必须在远离尘世和欢庆的地方攀爬

不再受景物幽明变幻的诱惑

我必须赶在日暮之前到达

——赶在衰朽与消散之前

因为一切都已如黎明的曙光显现：

到达那里，是到达万有的精神

到达那里，是到达纯粹之乡

2008-3

远山远水

一带青色是歧路的永别
云霓的远山里有着几多的磐念
它含愁，我心也疼痛如月
它千年悠悠，逝水也是远流
而当它迷蒙于地上的向晚
我体悟了万物生死
体悟了岁月的袅袅云烟
俯在窗口的询问还如春天：
"不是说好要伴你永恒吗？"
瞬时，柳絮的年华已飞过了千山
岁月，已如旅行包上的拉链渐渐收紧
燕子飞时我看到：远山与远水
袅袅中，一带青幽是不褪色的哀愁
燕子飞来时，是柳荫，是永续的世间
——如果我必须告别
请给我告别的夕阳时代
如果我必须离去
请给我千山与万水的归途
　　千山与万水的送行

请给我绕城环郭的年龄

霭霭中，郁郁远山的青黛心，万古忧……

2008-3-29

江　山

浮烟中也有如画的容颜
从前它是月前的明镜
如今它仍是红日中的巍峨
万里烟波处的霭霭翠国

年年，红日如云岚西坠
红日照江山
而照彻里已是苍茫，是暮色的山河
是绿杨点缀里的无边世代

一派青脉的朗朗也是千川
谁热爱地上的锦绣
就让她热爱桑田东流
谁热爱江山
就让她热爱万里的忧愁

热爱时间的变幻如虹
岁月的含伤相望于苍翠的绵延
相望于屋边杨柳，相望于夕阳尽头

而西沉的彩霞里正有破碎的华年

家国正江山万里，如绸如棉

2008-3-30

江 山（二）

春天，燕子在屋檐下啁啾：
"我们飞越了万水千山，
看见峰峦巍峨，春江东流，
杨柳点缀于楼前岸边，
是万里光阴的山河相映。"

如果没有出门时的凛然相见
如果不是一场青春年少的宿命
　不是人间的衣衫消损的长缓，流年
如果没有年年的凝思，深夜的泪流
我就不会留连春秋的恒久

江山——
当我能够告别
请让我告别永在如锦
当我心伤，当我一世离去
请留下零落、磅礴、万般世事哀愁

留下我的年纪，飘零逶迤……

2008-3-31

忆往昔

燕子的细手扯开了三千春光
孔雀犹与彩云相商，飞向东南
楼屋相识于杨柳浩荡
东风里总是有千里的风物翻卷

河上，正是蒲苇的迷离
数条道路也湮没于青草，湮没于风马
而微云与青峰度量细雨，俄而又
晴风扯挂：江岸推远了天空的影子

我曾是春江中的红鲤
我曾是岸上的青芦，垂杨
我是万户楼顶的一缕声息
在坠暗沉埋里望见了山川偎依

青春有着珠玉星辰的深埋
夕阳与三千春光一同衰减
我没有离去
我成了烟霞，眷绕于江洲

我成了青山，向晴雷里连绵……

2008-4-3

忆往昔（二）

那一年，我的青春爱上了缥缈
从太行到秦岭有了迢递的春秋
木笔是锦绣
杜鹃花也是灿霞
东流中，千峰用叠嶂换了幽明

俯仰间，春国已经如画
远然里，我相识了永恒
相识了超绝入云的年龄
年华的暗伤从此赛似烟霞
我爱上了江山，却又幽咽无言

我爱云岚里的魂魄，犹如三千云天外的沉埋

我走了
我把所爱留在了世间

2008-4-5

山楂树

四月的风旗扯刮了蓝都
空光里，墙垣低去，微尘又落
山楂树的雪芳倾向于满树

谁是四月的白客？
在渐近渐雪，在陌田
谁是青风的棉马迷误在人间？

远城上，新翠连上了晴朗
一带轻岚下长墙的绵厚
也是万里草色的深心悠悠

山楂树，青都里暖暖遥看
庄严年华相识于玲珑凤鸟
它青春，玉心，所思：在雪山

2008-4-22

春　雨

春雨的细脚锁住了青烟
屋顶上，麻雀的忧愁又将经年

柳树温垂了，湿翠滴落矮墙
暗亮里，山楂花凋坠了青春白瓣

斜斜的浅光划过参差春枝
哑燕窥视雨霭：万户楼屋的偎偎迷离

人影散匿了，土路延伸寂芳
它憨浑的心思是几里的河畔：

河流上，正是雨草，正是花朵的弥漫
俄罗斯的春天——

2008-5-6

春　雨（二）

春雨中，翠巅与细枝摇荡了风旗
万般事物垂向树边，斜依雨壁

滴答的小鼓时针，敲凉雨檐
燕子偎依细黑，殷殷探看

广衢里，春城缓缓陷进愁肠：
枝上花团已湿落了数里

青和亮，跌落进楼屋的方眼
观望者相悦，度去了柳翠的春年

而远路上，正是雨稠树苦的静望
橘灯中，春日的湿脚移向了昏黄

数家不去临窗：风小雀暗
万里细丝正落进垂默寂迷的夜地

2008-5-8

暗　影

槐树的低垂似一场预见
似乎出于必要，事物自我沉坠
光，退出半生外，暗风吹在几里

物理学盛开，如灌类植物：
在地层，躲避黑闷铁器
在云中，遭逢是对面的正极或负极

我反抗，钢索在山岚收紧青云
我不反抗，满坡的松绿变白羊
在反抗与不反抗之间
你留给我：谬误？真理？
星辰与星辰间的空劳，永暗，挣年？

夕阳在永沉，刮了一阵薄风
树林中暗下来，曲路白现
现在，在进入它之前，我不枯
无荣，接受你一世的不喜，或垂睐
侧目看：群山乌滚，青马连绵

2008-5-11

愧 疚

——给 5·12 汶川地震中遇难的孩子们

远久，我已不再落泪

远久，我没有了悲痛

没有了苦难的概念，词形

而现在，当我坐在电脑前

看见你们，孩子们，你们被

一排排一列列地横陈在操场

犹如千百棵树苗被巨雷劈折

床单和塑料布下是你们

渐惨渐白的童年、少年

渐冷渐硬的蓬勃、青春

我止不住两手颤抖，悲痛长流

我再一次看见了苦难——

它真实、冰冷的颜面

请让我说一声：对不起，孩子们

你们原本是宇宙中的微小粒子

选择来到这个国家，这片土地

一定有你们的向往，信任，托付，热爱

可是这个国家，以及我们：我和所有的大人们

却未能保护住你们，未能在
大地的霹雳中拽拉攀托住你们
现在你们和你们的无辜都去了
把疑问、惭愧、鞭子留给了我们大人

孩子们，现在请如在人间一样排好队
跟上和你们一同走的爸爸妈妈、叔叔阿姨
远去的逝路上，风吹日凉处
莫要回首，频频回望，晴川故园

2008-5-13

边　界

树木的光色逐渐暗下来

阵风吹起，大街上的人影退入潮后

凉暗里，我看见它的身影现身在几米外

远处，两个圆球仍在交替升降

春气中地光又一年扫过地平线

种子萌田：万物在有尺度地循环

头顶上，星空似巨盘，缓慢转动

恒星燃尽了：一个个黑暗的星团浮游

宇宙的时代进入半晦半明

风过处，大街和旷野共同昏暝

我站着，久久望见它巨阔的深渊

而我早已许诺：春空，春明，春山……

我知道它不是偶然地到来

我的沉视也不是对抗，不是默许

我转身离去：它在我身后缓退，消失

2008-5-15

挖煤工

他的本意是想向人讲述光
但他身体的各部位却反抗
它们违背中央：讲述乌黑

他不知道，在雄厚煤层啃吃多年
他的双肺、肝和胃肠已变为煤炭
课本也有这样知识：由量变而质变

无须讲述，他本身是一件多么适宜的
展品：穿着乌黑的无影丝绸
像政府官员穿戴定做的合身制服

而他仍在讲述光——为了光
他每天自沉到深暗的地心　（以不变的流年）
一条乌鱼在深海也比不过他望见的黑夜

有时他会在地心的深黑感到恐惧
他想起深黑：数亿年前地球的变更
他暗惊：速沉，黑，在数亿年前已注定

2008-5-26

地　铜

从冰河纪的深处到地理学的地面
地铜的声音有着万年的沉厚
听——"空空""咚咚""嗵嗵"

仿佛是一位沉默的栗色工匠
坐在地层多年，铸成了一口铜钟
——以万般的韧心，星星的永恒

也许没有钟，而只是原形的地铜
随你走向东南西北，它在那里沉响
更多时候，地铜的声音升至大地中央

天空曾经悠悠向晚，彩霞四射
有时万古夜空挂满冰凉垂灯
而有时落雪，覆盖旷野：地铜哑然，匿踪

时隐时现的地铜，它关乎地面上的一切
当我们失去它，当它在世界上撤身而去
我们将枯萎、衰朽，失去生命

在黑铁年代，我长久地听到地铜
当我独步旷野或是睡向星月，地铜的
声音来自地下：仿佛愤马，仿佛一群老虎

2008-5-28

春日志

"夕阳是岁月的一轮怨愁。"
"江山容易在痴情中换代……"

"二月是抒情的，芬芳的——"
而仲春更适宜出游，晒书，与自己对赋。

和岁月同在的，是项王，是海棠，
"一切，也都在变化中进行着变换。"

现在，看看都流芳了什么？
琴谱。坊间。杜鹃。

而日沉西海，
有人暗愁。有人闲听平沙落雁。

2008-6-5

麦　田

妈妈，我又想起了那片麦田

就是我十二岁时你带着我走过的

那片已成熟的六月的麦田

它是那么的金黄，天空也多么蔚蓝

六月的熏风每日都在麦田上来来去去

黄莺又是藏在什么地方，叫声那么空灵、悠远

妈妈，在我们离去后，那些开在麦田中的

缠绕在麦秆上的红色打碗花

又盛开了几次？凋谢了几次？

天空也是年年地在那里蔚蓝吧？

——那一切，我总在年年的回望里看见

妈妈，自从你走后

我就是一个人了：

一个人收拾屋子，一个人坐着发呆

有时我一个人坐着发呆

泪水忽然就滚落了下来

妈妈，是否桃花回来你就能回来？

而树叶在世界上的某个地方轻喧

在那片晴朗的麦田上，年年有熏风吹过
在夜晚则撒满了白色的宁静的月光
妈妈，是否彩云回来你就能回来？
那片已成熟的六月的麦田
常在清晨挂着晶莹的露珠
太阳升起，它们就又发出干燥的沙沙声
金色的熏风总使它们朝着远方一浪浪微倾

这个夏天总是漫长
我每天在阳台上晾晒：衣服、小椅、书
可是，妈妈，我总是在静止的瞬间看见那片麦田
那片已成熟的六月的麦田，它后来的命运如何
是被人收割，还是一直在那里静静地等待？
在白天被熏风温和地轻柔地吹拂
在夜晚则撒满宁静的白色的月光？
在冬天，它是否也会被白雪厚厚地覆盖？
妈妈，是否春讯回来你就能回来？
我听见夏日天空在世界上的某个地方晴朗地高悬
熏风年年地从那片麦田上悠悠吹过
消失于远方的沉寂。然后一切也都归于了沉寂
那是永久的沉寂啊，那是永逝不回的沉寂：
一春接续着一春，一代接续着一代

2008-6-8（母亲去世两周年）

过　往

日升月落。季节的轮换。
星空在头顶的闪耀，缓慢的旋转。
二三月园中，桃花的又一次绚烂。
早晨醒来杏花在山中的又一次凋落。

有早年时的春天，清晨的阅读，
有唐诗宋词里的古典、隽永、相映，
有从繁茂树丛间传来的两三声鸟啼，
有对远方的每次眺望：哦，那芬芳。

仰望过远山，山冈与山峰的千年悠悠。
群山中火红杜鹃花的绽放。亮丽，回声。
第一次看见的皑皑雪峰。以及
每一个夕阳滚滚西落和每一个黎明。

那是一片晴朗的雪原，在所有的
村庄、树林、河流之外，辽阔千里，
在那里，在那片雪原上我看见了你，
童年已远，时光纷坠，而你还在那里等我。

火车在星夜里穿越。事物和光亮。

今生的动荡，漂泊，跋涉。

所有的业绩，荣耀，下午，虚空，惆怅，

所有的忧郁，广阔，华美，闪亮，昂扬。

而依旧有排列在木制书架上的书籍：

时间，空间，无限，宇宙的琴弦。

依旧有我在这个春天的阅读，回想，疏淡。

以及返回，生发，绽放，变换：眼前的春天。

2008-6-12

想　起

想起一次远行，父亲扯着年幼的我
我们走在春天明媚的原野上
春天的道路又长又白，哦，阳光
原野上，万物复苏、欢笑，盛宴开场

想起幼年的一场乡间春戏
年轻的父亲站在台下观看的人海中
初春的大风，初春的大风，戏台上的布幔被掀起
东边不远的河堤上，阳光淡白，春草正悄然
萌发，柳丝在春风中多么张扬地飞舞、飘荡

想起北方的一个庭院
从早到晚无人造访
高大的苦楝树在风中摇摆
春天开寂寞的花
秋天落无声的叶

想起一个外乡的盲眼说书人
孤独一人，背弦拄杖

在暮春的风中踽踽走出村庄
槐花在他的身后次第飘落
飘落在他去后的路上

想起三月，一树树繁花在人间寂寞盛开
想起六月大地上的辽阔的麦田
——正午的蔚蓝天空
想起冬日雪原上刮过的一阵风……寂寥
想起落日，想起世代，想起过往、空旷

我想起，想起……不能挽留
我想告诉你们
在我的童年时代
我就已经被带走

2004-8-21
2008-6-20

黄 昏

在黄昏，辽阔的光耀里有我的信任
它分隔大地，像金黄的伤口
而田野，群山，树林，似乎这些
人间失去的，会在那里永恒燃烧

又一天已走过来了
就像这一生已经完成
最后的微风吹着林边的光线：
一切在世界上都被安置，都已完工

只有宇宙的光亮还不曾消逝
在日落的地方，它横亘千里
闪耀：那故乡的影像

只有黄昏是永恒的信任
它保存我今生失去的东西：
树丛，上午，和星星

2009-4-10

悠远的春天

风和镜子。梨花和水井。
繁茂树丛上的白光和微响
道路分开油菜花的黄金，以及
　　赶路人的一声咳嗽
远处树林间布谷和黄鹂鸟的
　　一声孤独的啼唱

2009-4-26

夕　歌

我的灯中之灯。夕阳和黄昏。
四季的循环以及痛苦之心
一生空悠如转瞬的光阴
而夕光的余晖里却有提醒的安详
　　明镜，长庚，和归程。

2009-4-26

云　烟

日升月落。世代变换。
风和水井。沧海与桑田。
季节，座钟，循环，月明。
返回的春天与远去的春天。

我去过的地方，我见过的江山，
我的热爱，默泣，注目，书写，
我的所有的阅读，文字，
所有的黎明与黄昏，漂泊与荣誉。

以及树丛，辉光，舞动，
一切皆是事物的影像，一切皆是回声。
万木回返、葱茏，为了让我明悟：
一切皆是过往，飘逝，云烟，远路。

而我也是一场终将飘逝的云烟，
我拥有树丛，上午：一场繁花的时间。

2009-4-29

夕　歌

西天的光亮里有永恒的影像

那真实的存在，真实的家园

以前是我的幸福，痛苦

现在它仍是我的辽阔忧愁

我的全部往日和全部热爱

　　　时间的长河

无限的鲜明的时分

彷徨与方向，灯盏与金黄

当人世退到光耀而遥远的边缘

我眺望了一生壮丽的归程

　　　眺望了千山万水的惆怅

多少的时日匆匆而过，一去不返

今天我再一次看到壮阔的黄昏

延伸的余晖、持续的燃烧也在昭示：

眼前的黄昏以及过去的

　　　每一个消逝了的黄昏

都是安慰，存在：星星和故乡

现在，我将无言地回到我的苍茫

2009-4-30

为某日的夕光而作

我知道一个地方

那是我一直想回去的地方

那是灯中之灯，峰上之峰

我今生的心、今生的精神在那里徘徊、凝望

除了那里我没有别的痛苦

    没有别的月亮

每一年我都在准备着回去

现在又一天过去了，夕阳滚滚西沉

余晖即将收去它的颜色

我准备好了几件衣物，一些文字和荣誉

看到天边的星光我又停下来了

只是因为浩瀚

只是因为我还没有找到回去的路

2009–5–2

眺　望

人世的声息，光阴的持续。
堤坝，屋宇，晚烟。
世代的流转，轮替。

昨日，今日，都已过去，晚云向西，
温和的夕光也洒向苍穹，
洒向人间的是物事的不息。

我不属于这里，
不属于人世的烟雨。
树丛之巅的辉光也不能留住。

我眺望着晚晖，眺望着夕光的静明，
眺望着它的深远，浩瀚，
也眺望我将迤逦走过的千山。

我明白：我终究是要回去的，
不是暂时告别，
而是永久地离开。

留下的每一个黄昏都是清辉，是静明，

它何年不再横亘，苍茫，

我何年不再有千山望断的永伤⋯⋯

2009-5-4

鸟　啼

清晨，窗外游走着细细的春风
除了树丛的微喧
还传来了一声接一声的鸟啼
　　悠远，空灵

我静听着鸟声，没有落泪
鸟啼声像是谁的话语：
过往的日子、温暖
都成了昨日
往日的一切，存在
不会再回来了

2009-5-6

悲　叹

在清晨的鸟啼声中
我回想过往的流年时光
在上午的空寂里我回想
树丛和那上面静默天空的青亮
在每一个渐渐消逝的黄昏里
我回想：星空，以及
头顶缓慢的转动，浩瀚

无所不知的，请告诉我：
为何曾经的一切
都长久地，长久地
离我而去？
甚至远方的漫游，眺望，深思
那烟波里的忧郁，迷离，芬芳……

如今我是一座寂静的空山
拥有些许树丛、光亮、春风
每日在清亮的鸟啼中一遍遍浮想：

过往的日子、温暖、星空，都成了昨日

而昨日，是一场永不再回来的云烟

2009-5-8

发　现

我的夕阳灯火已熄灭了
世界抹去了最后一线昏暝
而在这浩大的熄灭中
我看到在头顶无边的浩瀚里
　在天心青茫的深处
静静地显露出一颗白星
如一个彼在村落伫立在天空中
它闪现着银光、遥远、慈祥
使我相信：源头，温暖，故乡
这些我长久以来失去的
就在那里保存，贮藏

2009–5–9

风过林

风带着雨意吹过事物
树林中暗了下来
树林一时微喧，一时又沉寂

幽暗的树林，仿佛一个去处
仿佛是世界上万般事物的中心
幽暗的树林，记忆在那里忽然闪现

那里是世代的更迭，延续，过往
似水流年的无常
那里是言辞开始的地方

2009-5-10

紫楝树

五月的紫楝树立在旷野当中
一树的紫色繁花像天上的星星散落

一条言辞的小路通向它，除了梦想
它不会有似水年华的暗伤

远离城镇、村烟、声喧
也远离亘古盛名的观念

它孤单，高傲，寂静
像星座，像一处人烟稀绝的村落

它空旷，仿佛大地上一座紫色的城
它闪亮，像世界上燃着的最后一盏灯

五月紫楝树
我要做你地上的美邻
我要活得像天上的星辰一样！

2009–5–11 ~ 6–15

星夜曲

夜来临了

一颗星在我们的头顶闪烁

群星围绕在四周的夜空

天幕上好似挂着万古的垂灯

仿佛一万个故乡

群星将各自的年岁无声暗度

它们带走了我们的光华

带走了我们的不朽之乡

而那一颗星是无常中永恒的希望

它夜夜在我们的头顶闪烁

像积雪覆盖的山坡

2009-5-15

晚　星

夜幕降临了
一颗晚星悬挂在余晖消尽的地方
它遥远，安静，闪耀着光芒
仿佛积雪的山冈
仿佛我的灵魂
在那里安放

这个灵魂
曾在大地上漂泊，漫游
生时忧悒黯淡，不能在尘世获得
安宁
不能获得人间的崇高的荣誉
死后却注定要在高远纯粹的天空
获得永久的安放

而晚星已然悬挂了出来
在天幕上，在余晖消尽的地方
它是遥远，是森林，是山冈

是我今生和身后的沉想

它是我的佩剑

夜夜年年，在天边耀闪

2009-5-16

忧　歌

五月的早晨与鸟啼一同醒来
树林中静默着幽暗的微光
风的清凉轻拂暗绿树丛
朝升的霞光正将高空映照得澄明

我是霞光引导的一缕迷惘
我是十年后归来的一颗远星
在围墙外，在旧日的树丛边，我多想
坐下来，歇一歇我这疲惫人的步伐

停一停那暗中的力量：长久以来
它像命运一样不停下它的追赶
让我看一眼蔷薇花丛：它正开得喜悦
鸟儿也在繁茂里婉转着清亮

它在将人世的欢乐和流年啼唱
像是婉转清亮的尘世的挽留
故园中的熟悉岁月亘古久长
看那村落，也在将持久的宁静拥有

而在遥远的高山之巅
静和的风又在缓缓流散
在那广阔无声的湛蓝里
至爱者在将纯粹和光明创造

他已获得无上的光荣的居住
像一个家乡，他独坐在广阔里
在曾经过往的春天和秋天
我这孤单的声音曾向他倾诉

现在光明的春天已在路上
他的慈悲和荣耀像预感显现
通向那广阔芬芳的遥远里
榉树和青杉林已像赞美一样排列

而在高山之巅，和风宁静
山林在辽阔寂静里发出轻微喧声
广阔的无声的湛蓝仿佛一个故乡
青亮高空仿佛尘世生命的归程

因此我须将告别现在，我须离开
而当我回到山峰，回到久别的故乡
当我回到了那里，当我回到了那里
我将不会把往日的忧愁倾诉

2009-5-17

卷二 | 散步（2011—2013）

第二年

树丛排列，林木宁静
田野像上帝的家园一样丰饶，平坦
蓝蝶花消匿在路边的草丛
秋天的光亮闪动在树上

这是我在乡间的第二年
温存的日光照着我
孩子们在街边玩耍，夜晚时
他们在星光下进入无忧梦乡
而我则被抛进每一个下午，每一个黄昏
在拉长的时光中接受短暂的欢乐，
永恒的忧郁：秋天断然来临

每天，我都看见辽阔的霞光
刺玫果的橙色年华闪耀在墙边
下午我去散步，沿着云朵的边缘
我知道农妇们在屋顶上晾晒食粮

注：我因轻度心肌缺血，而在故乡休养了两年时间。

星期天，她们聚集在礼拜堂里祈祷：
主啊，请给我一个安宁的晚年。
屋外，成批的树叶正悄然枯黄
每个下午它们筛落：在屋顶和远处的路上

秋天，宇宙的金黄村落，它曾是
我的梦乡，如今它仍是我的沉陷
如今它有一个发光的内核
当孩子们追逐，农妇们在屋中祈祷
当树叶在每个下午筛落
十月弹奏，风将光亮吹向北方

2011–10–4

十月弹奏

又一次，秋风带着它的光亮到来
事物变得清朗，流云更易散
树林安静、庄严，带点油画的忧郁
墙垣处的红凤仙花也在对镜卸妆

上午的时光，孩子们在校园里诵读
农人们则从田里把食粮运回村庄
他们在白天晾晒，夜晚坐进庭院
头顶，星空无声，时光有万年不变的深延

我每天去散步，在上午或者下午
林荫路一日比一日变得金黄
因为杨树们在努力更换颜色
在村落与村落之间，它们是人类的信念

每天都是这样：收割后的田野丰饶而平坦
农人们在村庄里晾晒、脱粒、生活
我穿越他们的光阴，走进秋光路途
大地的宽广也是华美，是言辞的仓库

有时我会向北方眺望

让自己在那里的深邃中迷失一会儿

当头顶的黄叶随风散落，我就离开

杨树们留在那里：它们将成为秋天的城池

2011–10–8

漫步之秋

又一个月份从身边滑过
褐柳林的村落，柿树的华年
我听见农夫在树下的交谈：
"田里的大豆已经收完。"
"十月一过，地里就要下霜了。"
扁嘴鸭从树篱处怅望远方
——逝去的月份永不回返

我每天如白鹤漫步在云端
踟蹰流连。第二年即将逝去，白杨树
在风中瑟瑟，枯叶随风飘落
我销蚀大片岁光同时也被岁光销蚀
触摸下午光亮，我感觉年岁的暗度
而在无人光顾的田地边、沟沿上，落叶已经
铺满，要不了多久，那里就会被寒霜覆盖

昨夜我又看见浩瀚的星空
它无声，转动，有一万年的迟缓，仿佛
永恒的乡愁，而暗夜在远处微明

到了清晨，我听见霞光中的低语：
"天气晴朗，南园的树木又黄了一层。"
酱果草温润，柿树一片缤纷
房屋错落的秋风是平常，是人世的天堂

我徘徊于深秋，如徜徉于神的庭园
我追逐日光，把日落时分当作无限
下午仍如斑驳林一样零落、漫长
黄昏的余晖也横亘、延伸，昭示并壮美
时间在宇宙中滑行，星系缥缈辽远
我举步自然，向泠泠一阵秋风
步入十月离去十一月来临之地

2011-10-11

秋 忆

秋天，我们有着相隔不远的故乡

河流从中间流过，蜿蜒向远

少年天籁，我十二、你十四的模样

下午的时光，我们去河堤上，秋风

阵阵回响，堤上的柳树林

一片萧瑟，柳叶铺满堤边，有如黄金

我们站在堤上，日光西沉，风意渐凉

夕阳的光亮映在你我年少的薄裳

我们无语，有似晚霞的无言

各自接纳了苍茫，落日余晖的伤感

秋天，它留下了一切：河堤，柳林，萧瑟

我们的年岁，落日余晖，夕阳的微凉

你也许记得我们如何离去

而我的少年却一直在那里流连

——踟蹰徘徊到今秋

2011–10–11

散　步

（赠黄灿然）

该怎样描述这一切的存在
树丛每天都会比上一日浓郁一些
从远处看，它层林尽染，有着
油画的安静和忧郁，但绝对庄严
从它旁边流过的河水此时是一面
立体的镜子。这不是遐想，但比遐想温暖

林荫路像一场乡间节日的庆典
从路口望去，更能见到缤纷和斑斓
这儿一丛灌木，那儿一片藤蔓
路边的牵牛花谢了，落英伴着阴影
我知道，许多事物正在黑暗处衰亡
我为今日沉落，一如往日为无名者悲伤

是的，我曾经历无数的黯淡，长期地
躲避闪电。而秋天，是另一种可能
譬如：它是星星、城堡、山顶上的光亮
有时它还会成为一盏灯：在大地上
孩子们在街边唱歌谣：秋天光光……

我在漫游中释然，思维在河流上悄然转弯

有时我扮成一个时间的数算者
在白昼俯瞰流水，夜晚观望星座
我把每一天、每一年，都当作恒常，而不是
人世的短暂。月光映在窗上，像旧年的浅梦
而早晨的霞光更温和，照彻树林的寥廓
我观望眼前，想象远地：群山在上升

我知道一些事物终究会消失：
房屋，星辰，我和某个城市的联系
在岁光褶皱处，"所有"即是"虚无"
而乡人们却不这么想，他们盖房
忙于婚嫁，在早晨做豆浆，吃一口新粮
我每日学习沉降，而忘记了宇宙的虚时间

现在我可以说出我在哪里：
我在清流中，我在白云里，我在
星座下面：当它转动，我爱上了西风
当然我是在上午的凋敝、下午的萧瑟里
秋天正引导我，我乐于跟随它像跟随神使
我将继续走去：神圣星将会在天边呈现

2011–10–12

秋　景

浓秋的景致里有绚美的轻忧：
河流的彩虹镜像向远方伸展
对岸上树林宽广，每天都向地面
倾泻着蝴蝶落叶：无风的日子亦然
如果向上游望去，会看到两岸画林耸立
上面的天空深邃辽远，有似蜃景

远处是垂落的天边，闪着紫蓝
我能想象：在缥缈里，山影隐现
群山已被染尽，颜色层层叠叠
像一幅宋代山水画所描绘的：
茅舍临着溪流，两三文人对弈
一行鸿雁在他们头顶作人字飞行

而真实的雁群早已经远去
就在几天前，它们飞过我的窗外
唳叫声渐行渐远，像一个友人的告别
天空中，三两朵白云悬浮不动，也无阴影
早晨我起来，看见薄雾漂游在南园树林

地上，季节的黄装又新添了一层

有时上午会异常明净，下午更凋零
我在无边式漫游里观望秋色
或临水照镜，或者误入林中
当沉默的黄叶在我眼前大片落下
我就穿过它们，不让自己作古典式忧郁
我信赖小径，随它把我带向哪里

季节已越来越浓郁，世界也隐深
"天地有大美而不言"，而我何在？
我又能做些什么，除了临风怆然？
也许我该去登山了，在早晨的霞光中
在更高处，我能清晰辨别山川的来去
而在日月升降里，我也不过是岁月的芳草

我仍在世界上的某个地方，如果有人
追寻我的方向，我就告诉他山冈
告诉他秋天的风景在清晨的镜中
也在一条水彩河流的两岸
扶摇踏青，就像时间之页上所写的那样：
我如白云斜出，落进景色之中

2011-10-18

徘徊之秋

你如昔人已乘孔雀去了吗？
我的脚下是旧年的路径
有几个小小的弯曲还记得我
唯有两旁之柳林已被白杨们取代
而我早晨打开屋门，看到南园霞光四射
园中的地上，覆盖的是往年的苍苔

我每日在长堤上徘徊，树影郁郁
偶然间，我回望来时之路
你的踪影不见
唯见树木夹道，落叶缤纷
白云千载，你一直没有跟上来吗？
抑或你昨日才离去，而我不觉醒？
我看到深秋的霜草使道路温润
天地悠悠，我是孤独的一行

有时我在午夜无端醒来
看到远处的暗夜微明
地平线上闪着玫瑰之光

我问自己究竟在追寻岁月的什么？
远处星光闪烁，而我是要到哪里去？
我看到神的容颜了吗，在青空之上？
早晨我被细风从忧伤的梦中唤醒
看见长庚已在东方换作启明

芦荻苍苍，你依旧没有消息
你是去看云了吗？
你去山中临溪，种植杜鹃之株了吗？
抑或时间漫逝，而你已回到了宇宙之中？
我依旧孤步在树木夹道的路上
日光西沉，我会逐年老去，像画中独鹤
白云千载，我不会等到你
而我仍乘头顶雁群飞唳翔过之时
滑入微疼深秋之风景之晦明

2011-10-20

晚　秋（二）

柿子树在空地上描画彩虹
晚秋来得太过绚烂
孔雀也在假山披锦缎，踱方步

落叶，楼群，菜场，生活
南北皆是喧嚣中的闲淡
建筑又争吵，然后沿着湖边散步

而年轻人坐高楼、去剧场，或乘彩云出游
老年人聚在公园唱咏，晒一身暖阳
妇女们舞彩扇，搓麻将，看电视入眠

我在城乡之间消受着寂然
蒲公英谢了，而雏菊开得正圆
树林凋敝似落英，此时又空阔

黄昏给我安慰，用它的绛云夕阳
当我沿着西天的余晖来回踟蹰漫步

晚霞啊，请给我盖一间温暖房屋

晚秋的生活是南方和北国
是公交的菜市场，黄昏的长庚星
我始知山河即凋零，眼前即美景

2011-10-27

漫　步

1.

它在天上，横贯西南
它的美是一片白雪
是天空的长河白波

它庇护地面上的事物：
街道，房屋，孩子，狗儿，晒玉米的农夫
——它给他们蜂糖、传奇、梦里的金鱼

其实它是天上的一大片白云
但在下午的青空里
它好像是画片里的无花果女孩

2.

苦难
以前它是我身体里的障碍物
如今它是一颗珍珠

3.

下午。树林。光线。温暖。

一阵风吹来
几片枯叶砸到了我的身上
谢谢——
我感到了秋天的圆满

4.

给我一月，三月，黄昏的心绞痛
给我疾病，挣扎，万木春天，阻断
给我片瓦无有、浪迹，生活的疏离、抛闪
给我无法读写的春天和秋日
给我一切的丧失

作为对内心感激和尊严的提醒——
你给我这么多食粮、井水、建筑和芬芳

5.

清晨的寒霜。叶片坠地的"啪嗒"声。
邻居的争吵。谁家孩子的哭闹。
市场的喧嚣，吆喝，争执，讨价还价。
屋顶上晾晒的玉米串。脱粒机的声响。
一位老人在夕阳中做饭时的晚烟，被呛出的眼泪，咳嗽。
一场秋雨，街中间的泥坑……

我沉入了这一切——有如书籍、蜂蜜、吟唱

6.

我在河堤上漫步
如果我沿着长堤一直走去
我会走到下一个村庄：你的家乡

但我不会见到你

并不是因为你早已生活他乡
是因为你已不是山水里的暮色
而我也已不是风景里的樱花树画匠

7.

你们的贫穷成为饮茶时的谈资
你们的愚昧成为佐餐的笑料
你们岁月的麻木被当成美酒一杯杯饮下
你们的挣扎，无钱医治的病痛
　　时光里双眼的无助、面孔的无望
面对着电梯楼的观望，地铁里的冷漠
而你们的身后，是世代的命运、凄凉、苍茫

乡亲啊——
当你们被世俗的鞭子无辜抽打

我和你们站在一起

8.

河水的流淌像是不废千古

一位老人驱赶着杨树林中的羔羊：

　　　"嗨，快走，我敲你！"

一辆田边停放着的三轮车的

　　　后拦板上写着"改妮"

两个补种油菜的妇女隔着田垄对话：

"你家的红薯收完了吧？"

"收完了，只种了二分。"

初绿的麦田边

晚秋的枯叶铺了一层

我忍住眼中的湿润：

这迟来的幸福

这终究到来的满溢的琼浆、蜂房

9.

所有的抗挣都是现世之网

所有的萍踪都是我的月光

所有的跌沉、弃置、追逐、击打

都是我的杜鹃花，我的别样悬崖

10.

我眺望夕阳

眺望远处夜明的辉光

我眺望白昼青空里你清晰的影像

这是晚秋的最后几日

这是更新的一季

是沐着风露和翻着时间之卷页

回首间，你依旧在那里

而山照常在，水照常流

2011 – 10

譬 如

譬如年末岁尾的时候

风从寂静的楼群中吹过

孩子们奔跑在街上

零落的鞭炮声响在深巷

有人回乡，有人买回年货

　　　有人沉入回忆

而在城外，天气晴朗，河堤宁静、绵长

风吹过空旷的树林

空中，回荡着年岁流去的暗伤

譬如节日里，气候清明

空气中飘荡着一种芬芳

人们奔走在大路上

市场的喧嚣，广场的涌动

二月，三月，四月的轻扬

或者湖堤，垂柳，石栏

城河边，樱花又一年绚烂绽放

春天的岁月，亘古、绵延、而久长

譬如春光里，农夫行走在田野上
他心怀梦想，为妻儿劳作
思虑着房屋、雨水、年景、食粮
他撒肥、锄禾，劳碌又满足
而在他的四周，明媚涌动、无限
阳光下的麦田闪耀绿波
大地丰腴、平坦、延展
——风的家乡，永恒的时间

而这里有着一切：劳动，诗篇
生活的壮丽，芬芳，与昂扬

2012-1-15

初春，生活

当一个果农在阳光下为果树剪枝
他察看、分辨、攀缘、修剪
如同一个国度的国王，骄傲、庄严
他的一双儿女在树下玩耍
两只黑色狗儿在果园中追跑
他的妻子在屋中洗菜、和面
屋顶的炊烟里，岁月的宁静升了起来

当一个农人担着两只粪桶
于晨光中来到村外菜田
他察看菜地：芹菜盈盈，韭菜萋萋
他提起粪桶，沿着菜垄仔细地倾倒
温柔、细致，如同照顾幼孩
然后他直起身，提着空桶，望向四周：
大地辽阔，麦田正无边浓绿、滚涌

当一株杏树在围墙外开花
粉红，轻灵，在微风中寂静
柳影的晃动里，燕子翩翔、呢喃

二月的空气淡白，忧伤，微疼
有人在花树下轻声说话
有人望花一眼，思念起旧年
围墙外，花正浓，日已高，蝶翩跹

而这一切：剪枝、粪桶、杏花
如同沟坎上的那一片毛白杨林
吹过毛白杨林的一阵清风
都是河流、星空、远方、城郭
都是初春、美好、生活——
芬芳的，明媚的，壮丽的

2012–2–28

第三年

红色的刺玫花，深色的飞燕草和紫丁香
五月，六月，九月蜜蜂的大丽花丛
白蜡树的年华，以及合欢树上的光亮

公园，草坪，健身的老人，玩耍的孩子
广场上的人群，欢乐，散步的麻雀和鸽子

这是我身处黯淡中的第三年——
黄昏，疾病，挣扎，心绞痛，死的阴影
生活的跌沉，迟滞，疏离，抛闪……

而人们谈婚嫁，去菜场，乘公交，度节日
星期天的楼群中漂浮着麦浪炊烟的生生不息
邻居家的孩子在钢琴上弹奏着"致爱丽丝"

而五月的石榴花开在卖菜人和修鞋人的墙头
月季和冬青让进城民工的心中有一阵荷风的柔软
山楂果，可以让灰喜鹊叼回家中的芳草灯笼

因此，我仍能望见那一片北方的蓝天
我望见了盛开的风景中的菊花：在上午
它们被一位老人推着走过熙攘的大街

——照亮了脆弱无名的事物
沉郁零落的燕子的秋天

2012-9-29

给母亲

她活着时喜欢清扫残花和落叶

吃素食，穿自己做的粗布衣

每年春天养一窝鸡娃，栽几棵幼树

立冬后用白纸贴糊风门和窗户

侧身睡觉时怡然得像个孩童

如今她躺在故乡的河堤旁

在一大片柳树和杨树的浓荫里

坟上开满白雏菊和紫花地丁

有时我去散步，会看到上面有许多

黄粉蝶飞翔，花背鸟在柳荫丛中啼鸣

我说：谢谢你们，陪伴了她的寂静

有时我会梦见她回来家中

给我做饭、开门、叠被、晒衣

拉着我烫伤的手腕细看

她坐在院落里，我站在屋门口

紫楝花盛开在院落上空

光阴中，仿佛她仍健康，我仍芳青……

2012-10-2

深秋的光芒

深秋

叶子在地上落了一层

被往来的脚步踩踏

一天天地，叶子们在破碎，在腐烂

　　在渗入泥土

于是有一天，我看见它们在泥土中

我看见：坚硬，岩页，火焰

深秋

一位老人坐在树影下补着一双双烂鞋

一个中年人蹲在路边修补着自行车轮胎

两个民工在居民楼后边打开了化粪池盖子

　　把粪尿往粪车上抽灌

中午，我看到他们拍搓拍搓双手

拿出了身边带的干粮，开始享用午饭

用他们的补烂鞋的、修轮胎的

　　和抽灌粪水的双手

我望着这一切：我的安慰

我的伫望、敬意、赞美、双泪
深秋里……

我转身走进深秋的光芒
叶子们在泥土中燃烧
粪尿的气息漂浮在空气中
我从中闻到了麦香、真理、清芳……

2012–11–2

忧 郁

"给我一间房屋吧，让我停下
这奔徙的双腿，让我歇息一小会儿；
给我一个地方：城镇或者村落，
让我能够在它的大门上写上我的名字。"
"如果你能够放下你的纸和笔，
放下对黄昏辉光苍茫的眺望，
和对一双蝴蝶自由翅膀的赞美。"

"给我一天的无忧吧：一把麦，一口井，
　　漫漫冬夜的棉衣和火焰。"
"属于你的只是一根蜡烛的光亮，
它将随时熄灭：面对秋天的一阵狂风。"

"让这些从我眼前消失吧：
不公，丑恶，街边乞讨老人的佝偻背影，
苍穹下一群群绵羊的无助悲哀眼睛。"
"战争，瘟疫，饥荒，累累白骨的死亡，恐怖，
一只高处钢铁冷酷的手发动的革命，
这些都会再次重来，如人间的四季循环。"

"那么让我回到儿时吧，那里只有
父慈母爱，一片白云，头顶纯洁的星星。"
回答者微微笑着，不再言语，
蓦然消失在窗外的晴朗。天空升高。

于是我将活下去：成为精神
带着身体中可以触摸的孤独、刚硬
和内心闪闪发亮的风景般的
温柔的疼痛

2012–11–4

心绞痛

绽放，骤然，我左胸的一朵鲜花，

被抓住的热血，下午，华年，

一台搅拌机置入了柔弱的心脏，

独处，茶水，茫然。而搅拌，搅拌，

疼痛，向孤独的左背剧烈放射，

火山，痛击着胸骨的高傲、浪漫。

搅拌机震颤，转动，我认出

那抡圆把手的人：是他们，仍是他们，

他们制定，掌控，高处的冷目聚集成地狱，

律条，钟摆，螺钉，合力打锲残酷、血浪、不公。

他们吃血宴，吃尽面包、油蜜、所有，

大地上一群群绵羊的光阴，嘴边的青草，

狂风吹向腐烂、暗流、被蛀空的柱梁，

以及黑暗，窝棚，绵羊们的悲怆凄凉身影。

而我童年的河堤被挖走了一半，土，土，

被埋压在某一任官员的政绩公路。

剩下的窄堤将孤单面对厄尔尼诺劲魔，

夏日暴涨的洪流正窥视着堤外的良田，
村落的宁静和无知孩子的烂漫童年。

而疼痛，疼痛，下午，持续，
晴朗中窗外的天空，含服的消心疼
消不去他们嘴角的泡沫、谎言，
报纸头版的合污、掩盖、粉饰。
当一只暗手潜入我无辜的年岁搅拌——

我高傲孤绝的胸骨握住了飓风：
这苦难的不离不弃终究给了我矿藏，
内心的足够的力量，镇定的火焰，
和面对凛冽寒风的人群中的
光辉的尊严。

2012–11–7

记　住

记住屋顶上的温和日光
照在双扇木门上的清贫光阴
记住初春的晴朗
一棵椿树的干枯荚角在风中
　　　哗啦啦的声响
也记住杏花在围墙外的绽放
榆荚和槐花的白瓣在暮春晴日的风中凋落
　　　在干净的地面上沙啦啦地翻转

记住秋风中的村庄
村边白杨的金黄
记住田野边堆积的枯叶、喂养
深秋树林边的萧瑟
也记住晚霞在树梢上的停留
夕阳沉落后暮色弥漫的苍凉

记住立冬后的白菜地
吹过晴朗冬日空旷路上的一阵风

母亲啊，记住我们的风门、灶屋、锅台
　　烟囱口飘出的忍耐的炊烟
记住我们的五月麦田，霜降后的红薯地
冬天里堂屋中生起的锯末火盆的纯良
记住我们曾为母女，这是
我的福缘，你的明月、善心

记住——请不要忘记
无论你在天国，还是去了山水之中
你看，这么多的低处的光，树上的蜜，风中的依靠
而我那时不知道

2012–11–12

花家地的秋天

在透明的光中，新建的楼群默立成冥想
一棵银杏树在街头成为众人的风景
街旁的超市安详、温和，如天使的面容
它出售蛋糕、米面、奶粉，和神的甜蜜礼物
商家在喜悦中数着钞票。每到傍晚
银杏和白杨的叶片在路上沙啦啦打转
西边的天空横亘着辽阔的嫣红，像一道
伤口。一个地方，壮丽，召唤迷途者归去

一个又一个的白天连着，居民楼飘着橘子味的生活
公交车打着满足的哈欠，运送着日常、善意
美术学院的学生们在楼窗处晾晒着彩色衣服
星期天他们涌到街上，和一群头戴黄帽的
民工擦肩而过，一个修理自行车的微笑地望着
并未停下手中的活计，路旁的中年卖报人小跑着
去追赶被风吹走的报纸，而收废品的河南人
则坐在板车上开始享用寒碜的午餐。有时

注：花家地，位于北京市朝阳区北部，我曾在那里居住、生活。

我想象重新回到花家地，回到那样一种
存在，生活：它包含玫瑰，暗物质，光，阴影
引领悲苦、欢乐，生者和已逝者的心灵
以及胆怯、卑微、细小、未知和不可名状之物
它指向黎明、认知、终极、抵达和苏醒
它接纳无名、短暂、有限，最终朝向永恒
回到花家地，回到它的呼吸、呈现、完整
并问候纯粹的晨星、朝霞、树丛

在远处，花家地的秋天日益清晰
树木的金黄光影在地上拉长
楼群和站牌温存而可信赖地耸立
秋风相认了澄明，在一切之上延展
一只深情的手将万物的哀伤托起
还给高处的无限，蔚蓝

2012–11–15

微　光

（向亚·扎致敬）

我已捧不起这悲伤的锦缎
捧不起碎裂现实的微火
我哀叹是因为窗外的那棵杨树
它每天都在被抽走一批枯叶
寂静、黯淡、无名而脆弱的事物
消失于时间的黑暗隧道，永不回返

我看见隧道里的一位老人，她九十岁，生前
独自住在茅屋，失去了儿女、力气、政府
我看见一群矿工的灵魂，脸上沾着煤、鲜血
我伤痛一个巴勒斯坦的男孩，他死于炮火
为了在垃圾中拾捡旧货、金属、木头，为了
面包。我希望那一天能够不存在
我哀叹，因为一切事物中都包含着阴影
我虚弱的双肩保持了警惕：这不可阻挡的
普遍、力量、黑色、消失和永恒

一个长长的队列行走在树林边，有老人、孩子、
妇女、汉子：他们献祭于一场地震，地狱的裂缝

他们沉默地走，渐渐消失于远处的岚霭
树林边，散落着鞋子、纱巾、书包、笔、口琴
我目送他们，然后继续面对世界的强大、空茫
在黎明的光中，它看上去像一个慈祥的母亲
忧伤、宽容，接纳一切善意、痛苦、战争、血腥
我渴望高处的慈悲、光亮，渴望那样一只手：

它调理混沌、喑哑，宇宙的琴弦，它连接
过去、死亡、现在，白昼和黑夜的存在
至精至粹者，青春，消散，星空能够回来
在每天的转动中，宇宙在头顶仍像童年一样深情
一如既往的谣曲、安慰、迷离、深邃
我目送可见与不可见者，蔷薇、石头、细小
然后迎向无邪的时间，迎向黎明
以及黎明的霞光

2012-11-18

写　给

我写给你一片秋林
上面的浓郁、纷纭、色彩

远处缥缈的山影
青青岚霭里的游移，深邃
也是我写给你的

以及天边延伸的蔚蓝忧郁
无尽处的迷离、微光、轻影

一带远山远水也是永路的飘然

我写给你青竹上的词句：
给我以春华，报之以秋山

2012−11−25

雪，或致你

这一生注定我不会等到你

大自然凋零，山影遥远、缥缈
你的身影在那里游移
你的身影，消逝于蔚蓝的无尽处的广阔

我来得太晚。我知道
你还会再度到来，但那时，我已
离去了百年，千年：在星影里

我还会再见到你——当大自然凋零
　　　山影遥远、缥缈、永恒

而雪，已经落满了大地
树林中刮着微风，空气冷寂
远处的山顶上，积雪覆盖，天空明净
群山的洁白仿佛永在的忧郁

由此，你将在千年以后到来……

记住我在自然里的凋零

记住落满白雪的山顶

记住白雪之上的静明天空

那山顶上的明亮，永在，忧伤

我在那里等你

2012–12–27

春 柳

鸟声鸣在四周，我在童年窗下醒来
杏花飞，桃花浓，梨花狼藉
东风吹酸了蜜蜂的眼

母亲派我去舅舅家送炸糕
我走上长长河堤，看见蝴蝶和草芽
看见堤上的宽宽柳林延伸得辽远

是绿的柳枝飘摇在风里
是轻尘里淡白的春光
是迷离里浓绿弥漫的空气

那是在幼年，每当我望向东方
我便看见堤上的柳树林带
在春天，在夏天，浓得幽，绿得暗

东风白，春草蓝，堤上柳，陪伴我十六载
而当多年后我归来，它们踪影全然不见
黄的蝶，翠的鸟，空鸣于繁茂杨树

我睡去，醒来，吃书，漫步于旧园
偶然间，我仍会望向东风，沉于执问：
你们哪里去了？哪里去了？我的春柳芳友？

以及堂前燕，花飞园，年有常
以及一夜春风东岸白
以及满堤绿丝在风中飘摇的上午时光

2013-4-20

树 丛

它在那里，像降临在大地上的天使
钟声隐约地在万家房舍上飘荡
它是最后的星宿，还未来得及回返

每年，当五月的草绿陪映着柳暗
树丛总在高处耸立，背依天空
静默，庄严，崇高，如同一座城池

而在八月，阴云常会布满低垂天空
树丛在凉风中轻喧，时而摇动
从容，幽暗，等待着雨和水光

还记得有一年夏天，我是稚弱少年
走在雨后风景浓郁的归乡路上
树丛一路伴着我，还有西天初晴的云霞

一年一年，我总在大地上寻找着树丛
我寻找一个无法归去的地方
我眺望树丛之巅，我眺望千山、星云、浩瀚

常常是这样：当我出门，我便看到树丛
我望着它，而它温和地俯视我，并总是带我
离开：从大地上，从生活的孤独、贫乏、黯淡

不带来食粮，但让我仰视，眺望
并不喂养我，但指向世界、纯粹、宽广
它接纳，安慰，引领，庇护：对于我

我仍会睡眠，劳作，走动，然后望向树丛
我承认：一年一年，我认出了神的面容
在树丛之上，我认出了宇宙那深邃之处的光

2013–5–16

风

风在晨光中潜入了魏城
东方白如银汉
风吹得北窗外的树木一片零乱
天空一阵青远一阵明净
风在穿林，在打屋，在翻弄树羽
听，四面皆是凋零声
飒飒的家国，瑟瑟的人世
谁惆怅谁就是烟霞秋山
推门出屋，满城黄叶似春花
也似架上青页古书

穿林的声色也穿过了云空
告秋风：你不吹送
我心不白，不悦，不化鸿

2013-10-14

卷三 | 远方之光（2014—2015）

春之轻

春天，一个孩子在学校的操场边睡着了
医院的病人在草坪上散着细步
护士们在楼窗处朝他们望着
而纺织厂的女工在抬头时望见了天边的云彩
远处的城河边，柳树又一年绿了
一株挨着一株，柳枝高挑，在风中轻摇

春天，一位老人坐在马路边歇息
她脚边放着青葱的芹菜、蒜苗、鲫鱼
一位中年人在人行道上走着时绊了一下
他扶扶眼镜，继续走向远处的人流
那里的十字路口处，正车水马龙，市声嘈杂
路口旁的紫叶李在浮尘和喧声中向地面飘落了粉红

城外，田野边的沟坎上
一行白杨树笔直地翠绿了
伸向远处的薄雾里，也伸向未知和无名
妇女们坐在油菜地里，交流起春菜和丝巾

而此时，风正吹过城市的上空

一条条的街道上，法桐树簇拥闪亮

轻喧着、婆娑着新绿的叶丛

此时邮电局的职工清点着邮件

此时，一个人正孤独地在城中走着

他身边漂过了救护车、建筑队、弦子、碧桃花

2014-4-3

春 事

上午十点，河道清洁工在城河边

打捞着漂浮物，他伏在栏杆上，伸长了手中长杆

他身后的学院中，中年教授打开了讲义夹

更远处的站牌下，一位老人缓缓下了公交车

她要去中心医院检查她的耳背、健忘、关节炎

上午十点，樱花树在公园里成为印象派画匠

法桐树在园旁马路上垂下古典荫凉

修锁人坐在荫凉中敲打着铜锁和光阴

他患了白内障，想起自己该去看眼科医生

而此时那着白衣者正坐在六楼上，为人群检视光明

春天，所有的物事都被一种善意和力量催动

就像广场上的那株碧桃，上午十点，它绚烂绽放

成为风景，成为美的极致，是它春天的事业

而剧团的青衣也必须旋转，舞动水袖

卖香油的小贩也要在桐花声里走巷穿街

牧师诵读，杜鹃也在茂密树丛间婉转，赞美流年

就如同城河边的那两排柳树，它们正努力

肥绿，向善，一株挨着一株，在风中轻舞

如同它们要为人世间洒扫红尘和烟路

上午十点，它们正成为这个清明节日里的

浣花辞，折柳调，山水和春归图

2014–4–5

桐花声赋

"噫……

皇天后土，赐我嘉木，

春神瑞降，命之桐树；

迎之城原，植上庭路，

城村叠蕊，户户烟霞；

迂蔓陌阡，遍地芬芳，

四时有护，杨柳增容。"

四月，桐花在城中一树一树地盛开了：

在南城河沿岸，在中医医院外

在立交桥的火车道旁　（那两棵桐树安然在寂静里）

而在职业技术学院内，在新兴路口

学生们的笑喧和车流人声的嘈杂

是东风里城市上空中飘飞、轻扬的桐花声

"吁……

桐生春阳，花繁似锦，

彩霞灿烂，满城辉光；

桐生夏日，如盖如华，

茂其葳蕤，南风永送；

桐生秋冬，绚美肃静，

迎雪纳瑞，年岁更替。"

四月，进城的乡村人穿梭在春天的大路上

城外的田野边，河流旁，村庄外

桐树的花荫浓过了绿杨

城中的公园里，人们吃早点、舞彩扇、列队歌咏

十字街口的烧饼摊主在悠闲中生起了炉火

一个年轻的郊区小贩骑着三轮车走过了文峰南路

他车上满载着新贩的甜点：蜂蜜糕、江米条、蜜三层

路边的果品市场里，市卖声有如春日波浪

几棵桐树的花枝排列着伸过了围墙

两个路遇的妇女在花荫下高声谈起了菠菜、春服、更年症

"哦……

赞其美木，不弃我土，

碧影长路，芳华环绕；

荫我黎民，福祚昌盛，

生生不息。

再拜后皇，赐我嘉树，

不离不迁，永驻永续；

明明日月，皎皎河汉，

天上人间，荣明恒远！"

四月的1路公交车上，司机满脸温和地微笑着

频道里交替播放着悠扬的流行乐、长笛曲

一个年轻的妈妈拍哄着小声哭闹的孩子

靠窗的座位上，一个中年人沉沉入睡了

额头不时撞向前边的座椅

一位老年妇女坐在我右前方的前边座上

她是在时代广场站上的车，手里提着奶粉、柴鸡蛋

此刻她不时地侧头望我一眼

眼神里带着春天的寂寞、善良、迷茫

梨园站到了，她和我一同下了车

她向南，我向东，在路边盛开的桐花下

各自走过水世界、纺织城：走向各自的芳华、苍翠、永明……

2014–4–13

雨中树林

细雨中，我窗前的树林垂落着静默，
一条林中小路现出了天空的一线亮光。

我犹豫地望着树林：以前，我也曾多次在
林边徘徊，被它的幽暗和神秘的温暖诱惑。

我知道那条林中小路：它通向一个幽远无尽处；
此刻它闪现幽微的光亮，好像一个暗切的召唤：

"来，请随我一起走吧，
永远告别，永逝此在！"

我也想永别现在：我已失望。
它也始终不停下它的鞭子、追逐。

而常在此时，清晨的霞光忽然在我心中流淌，
还有纯粹的晨星：它就闪耀在东方的白微处。

就如同此刻：我窗外的树林静默得幽迷，我身后的

万家房舍上，升起了生活的广阔、春树、桐花雨……

我知道树林中有着长久的宁静，温暖也充满、弥漫，
但生活在我身后也同样严肃，它警告：转向我的宽广。

于是，我望向树林和小路：我会随你永别。
但此时，我将面向晨星、霞光、生活的银河系……

2014-4-15

春　色

清晨，薄薄的雾气常会缭绕在树林中
不久，雾气散去，树林现出了绿色的蓊郁

东边的河堤上，柳树烟色地排列
若有人走过，常会去望头顶的柳色和燕子

二月、三月、四月相继而来，郊区的小路上
依次开过了杏花、玉兰、紫叶李、碧桃花

每天都有相同的人从城中回来
他们依次走过花树，走过生活轮回、光阴更替

有时会有一场细雨，远处村镇都在雨中静默着
一树树的桐花鲜艳在雨中：它们总与碧杨结伴

此时，人世的意义就是雨中的万家房舍
和那上面的春树、春花、微燕、细雨

会有小店和店主寂寞地在雨中伫望

会有一个落魄的画家：雨停后，他依旧出来描画

风时常会吹过城市和村镇的上空
薄尘中，空气呈现淡白的颜色，万物在其中轻寂起来

此时，会有个人在路上徘徊：她看花色、柳色
她望世代的芳华、延续、过往，她望城木深，万家春

2014-4-18

低　光

我清楚地记得那是后夜的时刻
星光寥落地闪烁在清凉的夜空
我离开上夜班的地方，准备回家去看母亲
当我向东走，星光消失了，天空现出半暗半明

此时，我已进入另一空间，但我并不知道
我向南拐进一条大街，街西一个大门内
一排男人正站在桌案前忙碌，整理着猪肉
最北边的中年男人抬头望我，目光有些古怪，但

并无恶意。我走进大院里边，看见更多
忙碌的人：有人做豆腐，有人卖馒头
买馒头和豆腐的人有秩序地围在摊位前
当我问话，他们或笑着回答，或和善友好地望我

时间仍是后夜，但人们并不点灯
天空半明，四周呈现自然的光亮
大街上人很少，树也很少
一切都显现出一种安详、平静

后来我又去到了菜市场
看到了蔬菜、五香粉和红薯
但所有的东西都不肯卖给我：无论是
作坊里的豆腐、猪肉，还是这里的红薯

我苦苦地恳求，想起母亲、我丢下的工作
想起天快亮了而我还什么都没买到
我终于从梦中哭醒：时间是凌晨
正是天将明而阴阳交替的时刻

从梦中醒来，我知道我去到了什么地方
也明白了为什么所有的东西都不肯卖给我
我知道晨曦很快就要在东边天空显现
上帝的辉光将同样会洒向他们：那空间和时间

一个平凡的早晨对我已经意义非凡
我想起我所见到的那个地方
那些一样平凡、善良、安静生活着的人
我感到我的心愈来愈谦卑，还有怜悯，护惜，低垂

2014-4-22晨，梦中醒来记

春夜，夜风

春夜，风缓和地吹了起来
围绕着我房屋的四周的树木
在风中发出了轻柔的沙沙声
它们不是话语，而是随风轻摇的梦境

远处的路上传来隐隐的脚步声，又消失了
一只鸟儿在树上叫了一声，又沉寂了
星光在高处沉默地闪烁
杨树的绿苞轻轻地落在了我的屋顶

一定有槐树的花瓣在风中无声飘落
我能想象：当早晨我醒来
它们一定在地面上铺了一层
而东方的天空正亮白：在一夜东风后

此时，夜风持续地温柔地吹送
它们从我的心上轻柔地拂过
我与生活的裂缝被渐渐填补、抚平
还有我的命运之渊，岁光之永痛……

春夜，轻柔的风在宽广的大地上吹送
万物的时间之偏离、之速逝被纠正
我是万物中的一个
我是垂柳、流星、金龟子、长秦岭……

2014-4-26

傍　晚

春天的傍晚中有完美的存在
暮云翻卷着归去，天空青白
鸟群在夕光里归巢，喜乐相闻
杨花也停止了一天的漫飞、扑门

一颗晚星闪烁在西边的天空
它调理着混沌，抚慰生者和逝者的心灵
在它的清光中，春天的傍晚被归整、安置
万物心中的黯淡也化解，也消散

晚霞接受了绛云的渐暗
树顶接受了夕阳的余晖
山峰在辽远里遥望着夕光
我接受了此在、命运：星光垂落的一生

晚风吹过了宽厚的屋顶
树林在放下中渐渐陷入幽暗
墙边盛开的蔷薇花丛沙沙地轻摇
它们将在今晚谢下第一批落红：在顺随中……

我在晚风里徘徊，徘徊又站定

树林在十米外已完全沉入黑暗

一扇扇的大门在我四周打开

我关上了有限、彼岸、深渊，走进了银河城，北斗星

2014-4-28

悲　伤

——赠答周伟驰

为什么在我的诗中有太多的悲伤？
这个问题我也曾思量

每年，当我看到春季归来，繁花盛开
我感到心中开始涌出悲伤

当我看到树林蓊郁，在风中喧响
我感到心中的悲伤之河开始流淌

而当我看到落日的远去、苍茫、壮阔，我感觉到
我心中的悲伤：它像星汉，无语、无言、无边

为什么世界之美之光在我这里都成为忧郁、惆怅？
我开始检视我的国土，走遍城邦

我发现我的心上有个空洞
那缺失的一块，啊，它留在了我来时的故乡

我带着心上的空洞来到此间此在，从此
自然界的万物常从空洞中穿过，像一条河

我心如竖琴弹奏着它们，把它们变成悠扬
也变成悲伤，我心也惆怅如河流、星空、夕阳

它是因为思念，远方，云端，雪山
更因为星云之路的漫漫、迢迢、浩瀚

而多于命运的悲苦已被我用今生阅历
时光之箭也将我深深射伤

人世的代谢也太频来太速早，无常与无情
循环往复，往日皆成云烟、空茫

树丛浓郁幽明，给我抚慰和温存
雨和风也飒飒冷冷，像提醒我来处和归程

现在，我这就向故乡出发
去修复我的心洞，我的永痛

我将穿过河流、丛林、雪域茫茫
我将不带走群山、落日、旷野的苍茫

而当我回到我的故乡，当我回到我的故乡
——我就会忘记此世此在，不再回首，不再悲伤……

2014-5-4

命 名

雨来临前，树林昏暗
树木低垂下来

风声和喧哗声停止了
乌云也已完成了笼罩

天空在青黑中显出忧伤的慈悲
仿佛有一双永恒的眼睛在那里俯瞰

远处的天边，一道隐隐的闪电划过
一道隐隐的玫瑰之光，仿佛流星飘落的童年

而树林继续昏暗，低垂
如同暮色中凄迷温润的村落

它就要成为一个去处，一个地方
它仿佛会成为奥林波斯山：一个久远的圣殿

它等待着
获得最终的命名

2009-5-10

晚　星

余晖还没有退去它的颜色

晚星已被悬挂了出来

它曾闪烁在柏拉图无数思考的黄昏

它曾引领奥德修斯的十年海归路

它曾照耀马楚·比楚上逝去的光辉岁月

以及我的殷商先人在大地上劳作生息的生活

而现在它依旧崇高、耀眼、庄严

蕴藏了无数个世纪的凋败、黑暗、虚空

　　挣扎、希望、温暖、光芒

此刻它紧挨着苍穹，紧挨着浩瀚

使我相信：我一生所望穿、所寻觅的

就要在那里显现

2009-5-2

2014-6-18

八月之光

在我年少时，我曾无数次独自走在归乡路上
每当我抬头，我便看见了天空中的深情的青色光亮
当我成长，我总是驻足眺望：那远方里的迷离、芬芳、流光
当我长大成人，我看到：八月的光亮笼罩，在开着红碗花的原野上

当我沿着河流走，两岸树林罗列
大地上的村落物事静立且安详
它们在阳光中，在四季中，在熏风里，不老不息
而在上游，河流蜿蜒，悠远明亮，让我心惆怅

我曾走在夏日的山中，山与谷错落葱茏
抬头望，远处的山坡上，红槿花盛放
山冈上的叶林摇动在燠热的风中，山峰顶上
闪烁着一层夏日白光，它的上面，蓝天正寂静、锋利、高远

而多少次，我走在故乡的旷野上
天空高悬，仿佛青盖
我望向它，它也向我低垂
忧怅中，我仿佛看到了那至爱者，他慈悲眷怜的目光

又有多少次，我站在屋门口
望见西北方的蓝天处，云卷云舒
缕缕的白云后散射温暖慈爱的光芒
如同一个人在向我召唤，接纳我并带我离开

有时我站在路上，孤独、彷徨
暮色渐临，夕阳在辽阔里沉落
我忽然不再凄怆：余晖横亘处，晚星开始闪烁
我看到星与晖相互辉映，仿佛天与幕的永恒

而在傍晚，我总能望见西北方的天空
闪着一片玫瑰色的光，它朝向我，高贵而温和
我相信那片光一定是走了几百万光年
我相信它是迢迢漫漫，来自宇宙沉静慈悲的深处

我曾在许多年月里乘火车穿行于大地
城市与村镇罗布并发光，远处的群山也闪亮
我曾在八月回到旧园，人们在田野上劳作，又在
田野上老去，而禾苗与孩子茂盛，世代更替

一年一年，树丛总在八月里暗绿，浓郁、幽明
它在八月的风中婆娑着，轻喧着，庄严而从容
我总是去望树丛之巅，那里，一片隐隐的光明接引着晴空

仿佛它指向一个我无法望见的地方，它指向浩瀚、星云、归途

为什么我会在孤独中走在许多条河流边？
为什么我总是站在山下或登上峰顶，伫望万年沉默的浩阔的天空？
为什么我要在每一天的将暮眺望滚滚的落日，眺望它的归处，
又在每一年的夜晚仰望满天繁星、天心的青茫，以及夏月里白昼的永
光？

现在，我望向西北方不远处的天空
那里正蓝天辽阔，飞云翻卷，云后
正散射出深邃温暖的光芒。我把双手伸向它
白云会知道：我如何才能回到故乡，回到你的身旁

2014 – 8 – 5

秋日归来

飒风吹过铁路道旁的阔叶树丛
城市与村镇在几百米外默立安详
天空中是亦卷亦舒的流云
被它映照的事物脆弱而温暖，在地面上

秋天，当我从南国回到北方
大自然正在铺开一场华筵
白杨林金黄，槐树披上盛装
柳树和玉带草也在高处与低处闪耀碎光

当我在孤独中穿越大地
秋风吹着层染的树林也吹着我的寥落
当我在河岸的高处坐下来，河水悠悠
对岸的树林深处，一户户的人家让我心温柔

站立着，仰靠在树木上，我轻喟叹息：
在秋天的大地上，在白杨树排列又金黄的地方
竟也有我的安身房屋一所
哦，我这疲惫之躯也会被慈悲环绕

而在远处，几个农人正在田野上劳作
一对老年夫妻把几只羊羔赶出了树林
城市的十字路口处，节日的人流穿梭
人们是多么不倦地相依相爱，不倦地生活

记得多年前，我也曾在深秋归来
站在枯黄的树林中，在下午的萧瑟里
我年轻的心充满着命运的忧伤、凄怆
那时我曾想：何时，何时我才能抵达明亮？

现在当我再次归来，秋天正深
在自然的华筵中我也愈来愈温宁：
秋天的原野上，有流水，有金黄的白杨
还有你的身影在世界上隐现着慈悲的柔光

2014-11-12

落 日

西沉的落日里有永在的方向
它引导群树、晚霞、飞鸟的翅膀
清辉向暮垂落，山河也趋向壮丽
滚滚的星宿，它总是年年出现在岚霭里
在旷野上，在一条路的尽头，在远处的树林上
所有的事物都朝向了温暖，温暖而又惆怅

在许多的年月里，我总是想：
一年一年，落日是无法治愈的乡愁
它保存我的思念、流年，延伸我的眺望
那壮阔，那迢迢的远路，无法企及的故乡
当它在遥远的地平线上沉沉远去，我总是想：
这西沉的忧愁，旷世的无法治愈的永伤

但现在我愿意相信：落日是上帝的完美
是星系心中的爱、善、博大、光明
时间不老，星空永恒转动的见证
人世长河流泻、苦乐往复的恒常
当它在年年月月的深邃处光耀并圆满

它是完整，关于黎明，自然的光华、绽放、回返

我见过长江和运河上的落日
在过往里我见过秦岭上的落日
在五月我听到过落日里白杨林的轰响
也见到过向晚里秋天旷野的辽远、肃穆
我曾望着城外的落日而怆然泪下：
这落日下的山川、万事令人眷恋、悲怆

而人们依旧在日月里劳作、生活
沉默，和平，忍耐，世代生息
落日曾照耀他们的先人，照耀于城河和城墙
曾照耀柏拉图的古希腊和老子的春秋：而今一切何在？
远去了，那在漂泊中吟叹"黍离"的忧心诗人
远去了，那曾与日光争辉的哲人、圣者、思维

在落日里我想起过芳华过往
我想起世代的流转、更迭、云烟
凋败、黑暗、虚空，以及挣扎、希望、光芒
我想起时间的无情，人世的无常、空旷
我曾在落日的辉光中驻望，驻望又彷徨：
是继续流连、忧怅，还是就此离开？

一切都不会改变：落日里有白杨
有河流蜿蜒在大地、城镇、村落

河流两岸花开花谢，朝霞升起，陈旧而新鲜
有我年年于晚光中对落日的迢遥注目：
那是我永世的热爱，千年的浩叹
那是我留给自然的一个圆圆的无声的泪滴

现在，落日依旧是忧悒的思想、方向
当它在西天辽阔处庄严远去
它指引了众峰、霞光、生命、归宿
当我在清光中驻留、漫游，然后西沉、飞翔
一切都在落日里永留
一切也都在落日里苍茫、凋谢、永恒、温良……

2014-11-15～16

白　云

有时，事物的聚集会制造美丽
譬如秋天的芦花与绵羊
譬如此时，天上的那一连片白云
亦卷亦舒的轻与柔仿佛无形
它的洁白、玉心、所思，定在雪山
因而让地上的芦花与绵羊黯然

它的眼睛我认得，暮春的深与暖
哦谢谢，它还记得我，那时
我幼小，在原上看花
它在天上，花在地上，我在中间
它、我、花，互相映照、擦亮
恰似天上的星体
总在万有之中

在悬浮不动时，它比我更纯粹
我只是岁月的芳草
是河边的垂柳，顺从于低处、柔软的流水
但永远背对高岸、坚硬

白云教给我的生活哲学

一半我已实现，另一半

还在前路上漂泊、流浪

等我赶上，我就和它携手

然而事物的靠近总会带来敞亮

我看见一行鸿雁正划动翅膀

蝴蝶般从云下缓缓飘过

我听不到它们高处的声音

但我知道，它们正穿越虫洞

　　穿越某种时光隧道

回到天籁，春年，金凤花盛放不老的从前

2014–11–18

月 落

和你的相见是一种"圆明"
当我靠近西窗，看见你在西边
的半空对我朗朗地浑圆地笑，笑了又叹
好像等我醒来，等我千载
我是透过屋旁的树枝望你，和你相隔
　　无限山水的距离
你悬停在那里，孤独、温和、庄严
像客观的鸿雁，像我的生命

完美永远无法留在永久
想问问君：你明明皓皓，苍苍茫茫
是要去向哪里？
你看这无边的浩瀚，这寥廓中的路
多么苍凉，苍凉又悠远
随行的风，曾经浩荡
如今又清清泠泠
君要轻行，或在
山长水远里徘徊与徜徉
忆及传统

而君，却频频回望

似乎这世间有万般温暖

万般绚烂

君应记得曾经的流逝，存在的悲凉

三春、杨柳、锦绣，不过是流年中的幻象

是烟波与空茫

哦，你带不走我

我只是一个梦，关于人类在宇宙中

我最终会在时光尽头成为回忆

关于繁花，意义，普遍性

你终于望见东风微白了吗

那里正有晨星初现，霞光微露

人间又要开始一场海市，结局譬如蜃楼

你终于又要苍苍茫茫远行了吗

请记住我们曾在今世相遇相认

你完美久远，恍若雪峰

我无枯无荣，然后冥想、黯淡、凋零

对事物的留恋带来痛苦

某一天我会脱出，如"不在"脱出忧郁

待他年我也苍茫离去

他年若在时光深处相逢，为了让我

记起我曾来过

我曾有过这苍凉、浩瀚的一生

请君轻轻、轻轻——唤出

我此在的姓名

2014–12–7 ~ 8

致朝霞

朝霞，你用绚丽的形式引领存在
东风怎能留住晨星的浩叹
我的生命也一时风雨，一时悲欣
我在早晨的堤上徘徊，踟蹰来回
时而望你：我的热爱也抵达云岚
你这年轻的神使，东方的光华
相望相知的岁月犹迤逦在路上，在云中
崛而永别，万有中我不是称谓眷念、澎湃？

磅礴的远景中有烟波回响
四十余年，亦悲亦怆
唯余悠悠。风吹过了柳林
吹过了桑田，吹过了自然，犹不能回答：
我为何这样短暂
雁有羽翅，云有浮游，我有梦想
却为何不能带我回到无死永生的从前？

有一天我会成为清风的形态
　　或者任意的形态

或者，某一天我也许会回来，走过旧日

的路口、田边、河岸，在晨风习习

我会来到堤上，在堤上坐下来或在

堤上踟蹰徘徊。而你如约，我东望

当我扶着旧日的树木

当我看见你，轻轻唤你一声"朝霞"

悲欣便会从我的眼中滚落下来

深情者，你望我的神态一如从前温良

而我悲感交集，旧友啊，我的

回来亦是短暂，无法陪伴你的永美

我必须回到粒子……消散……不在

而"东风已远，春无踪迹"，我当离去

现在，且让我在偏暗中做短暂停留

以对应我的轨迹、外延、历程

且让我在朝霞里一忽儿彷徨一忽儿涌荡

良友，这永世的告别怎不令我暗自滔滔？

请你用壮美、年轻、辽阔环绕我

允我说一声"我爱——""再见——"

然后让我的生命靠近朝霞：让我的惆怅

朝霞会引领我，告诉我：前路、天籁、无邪、方向

　　　永生，不死，无灭无形无在……

2014-12-10

致星空

在经年中，星空的高悬是时间的沧海
也是季节的座钟。年年月月
它在树梢上，在屋顶上，在旷野的上方
沉默、静寂、闪耀，在童年
它曾塑造我心灵的边界，用它的辽阔、浩瀚
它曾一次次带我离开：从地上，从孤独中，从庸常
当我成长，我看到星空的光芒、从容、庄严
它笼罩、庇护、指引，我记起：我曾抵达崇高

在头顶的无声里，星空的沉静总是亘古
少年时光，青春岁月，我在地上优游
它在那里看我，看我逗留
看我痴，看我留恋，看我幽暗
在晨昏落英里我想起它，曾暗转青茫
在我仰望它的时候
繁花已零落成缤纷，长河流泻
千代的云烟在身后飘散成寂寥

我曾在童年的夏夜仰望满天群星

当我年少，我曾无数次站在村边或路上

遥望那远天星光。在那里，在那星光闪烁的地方

我看到了那召唤，那来时路，永恒的存在之光

当我在青春的人世间漂泊，黯淡于生存之凉

我从未忘记那天边的星光

我曾想：我将在人世间阅尽沧海

而你是我的守护、光辉、神圣的恒在

有时我在大地上坐下来，有时我站在河边

或者当我站在旷野上，人世的春秋在风雨里代谢

那至爱者从天空中垂下慈爱的眼睛

问我这飘零者在人世是否安好？

而在远处，天空总是在辽阔里隐现光亮

星光也总是在那里的夜空中闪烁

我看到：银蓝星，那理想之星，引领之星

我这独行者又怎能停下在大地上的孤独行走？

生命如风，如蓬如晦。而我是这样青粹、透明如精神

在过往的年月里我曾想：我将归向何处？

我曾经想：你在哪里啊，哪里是你的路途、方向？

一年年在人世耽留，我在衰老，在衰弱

落日西沉，彩云已归，天幕寥廓

是否我再也回不去，是否一切一切都已晚？

但在夜晚，星空却在头顶闪烁

它缓慢转动，使我相信：那里定有辽阔的归程

我曾在星空下独坐，寻求安慰：当我

感受并明了物质的崩解、消散、黑暗

在广深里我看到了那光明的启示：

星云相互寻找、温暖、簇拥，恒星诞生

我曾在许多年月里仰望夜空，寻找那命运之星

在北方的夜晚，我总是在星空下驻足、流连

并曾经想：你啊，你可知道我在人世的飘荡、苍凉

为何还没有一条归途，一个可向着永恒至粹的方向？

而星空依旧在头顶高悬，万年的无声里仿佛有

耐心的等待，我知道在它的天心青茫的深处

有一双慈祥的眼睛，有一座光明的城

当我抬头看到星空的浩瀚、深邃、温暖

我知道：漫漫的回去永远不晚

现在，且让我在星空下暂做耽留、优游、怅望

然后再次转向那天边的星光，我知道：除了我在

星空下的漫漫的赶路，没有什么能使我到达那彼在永恒

2014-12-17

永　在

向蔚蓝的天空说高远、浩阔
向辽阔的大地说承载、宽广
向西沉的落日说完美、温暖、忧愁、庄严
向黄昏说广在、信赖、辉光
然后向星空说恒久、崇高
向朝霞含泪，轻轻呼唤"爱友"
向永恒的自然、永恒的存在
缓缓注视，缓缓告别
说一声"再见了，我爱——
再见——"

此后物我两望，渐远渐行
此后风吹过树林，吹过自然的光华
雪会年年落在山顶，在阳光下明亮
此后万物相寻相逢，相拥相爱相明
在时间的正义上将有一个持续的方向

我在苍茫中漫去，轻泪或垂首：
在自然的光华、自然的恒在中
我有一个忧伤、凋零的名称

2014-12-19

岁暮作

鸟在树巢。风在林中。
柳树依偎杨木，柔顺，温良，
等待一场约定之雪。

春华易逝，秋华也如烟华。
又在相容、相望中
老去了一岁：宇宙，银河，我。

"岁暮天寒，可拥字取暖。"
或在明窗下思旧年，看园中疏叶凋萎。

一些人开始收拾东西回乡，
他们会沿着河流走，陪伴白茫茫的芦苇。

我依窗淡看，无须为岁月暗伤。
那冷落在园中和路边的桃李山楂，
也会是明年喧闹的陌上春花。

2015-1-6

冬青树

它就长在路边，在繁华或在角落里
我叹息：这么多年我才注意到它的青

它是平民的，普遍的，苍绿的
也是清洁的，优雅的，孤傲的

有时我想：即便它被冷落弃置一边
它也是春天的城池和碧桃花
也许，它就是那唯一的祖国

子建曾经是它，稽康也曾经是
但它不是烟花，不是霓裳和莺歌

坊间也是热肠，是流芳
他们都在买菜，穿梭，碎语
生活和热爱要继续下去

我时而蹉跎，时而彷徨，淡看了流年

唯有它在孤独与不凋里，唯有冬青树

唯有冬青树：它的青，它的光，它的冰雪肝胆

2015-1-15

立 春

第一批东风率先拍拂了屋顶
拍拂了窗外的树林，树干上的阳光
阳台上挂着的方格围巾飘拂了起来
去往纺织城的路上，风把一个独行人的
衣衫掀起，把路上的烟尘和往事都吹散

永来的浩荡也是修复
东风把小手伸向我：它从我心中取出
忧郁，放入草药——
冬和春，完成了一次完美交接

也有怀想，"在深情的从前，立春日，帝亲率诸侯大夫，
旌盖迤逦，去东郊迎春，祈求顺年，雨水，丰收，民安。"
也有真挚的穿梭，买菜，争执，踱步
兆民们在春风中仍生活得痴情

而田野上，风一阵一阵地脱去了料峭
大地渐渐从刚硬变得柔软，温润、洁净
远处的道路上，柳树与杨树错列并摇摆

春来后的地面纯净得如一棵早樱花的心

我依靠在阳台，细察岁月：
这初始的春风确是从河谷中而来
从两公里外的河流上而来
它带来了我们周围事物的浩荡
带来了昆虫，带来了露水
带来了千里蔚蓝，依然走在赶来的路上

2015–2–4

在低处

在低处我看见牵牛花
看见野菊花、蓝蝶花和星星草
在低处我看见种地人、卖菜人、抽粪人
一个收废品人和一个拾荒人在街上擦肩而过
他们早已互相熟识，但其实互相并不认识

我总是背对高处，背对坚硬的高岸
面向这些低处的人和物，看着他们和它们
如何在微暗里各自发着小小的微弱的光
如何在风雨飘摇里晃动，又无声无息地熄灭

关于高处和低处
我现在是这样理解：我可能
高于那些在高处的人
但决不高于那些低处的人、事物
甚至，我有时还低于这些低处的事物
我的心，总是不由对他们和它们低伏、低垂
在低处，我感到我是垂柳，是柔软的流水

我深情而又无悔地任由自己柔软下去

直至成为——柔软本身

2015–2–8

认　识

小时候，我曾和其他孩子一样欺负蝉
把它捉来放在地上玩耍，或者
当它正在树上啼鸣时，把它赶跑，听着它
"知了"一声惊叫着飞向远处，我们快乐地哄笑
有时在炎夏里听着它热烈的叫声，感到燥热得心烦

成年后，我读到了法布尔的《昆虫记》：
"蝉在地下的生活大概是四年，此后，
它在地面日光中的歌唱还不到五个星期。
在黑暗中做四年苦工，在日光中的享乐只有一月，
它歌唱时的钹的声音足够高，只为歌颂它在日光中的欢乐。"

我震惊了，从此，我开始重新审视蝉
我对它的认识愈深，也愈加肃然起敬
为这弱小者在黑暗中的漫长，在世间的短暂
为它的生命的壮烈、壮美、激昂，以及
它对世间光明的无与伦比的热爱、颂唱
我无法想象没有蝉鸣的夏天，那是对生的
赞美，也已成为树影烟光里的年年的清凉

而在阳光耀眼的七月、八月

蝉的鸣声常从树丛中传来

持续的鸣声引导你的眼光向上

正是在婆娑的树丛以上，在那里

你看到了夏日天空盛典般的湛蓝、庄严

世界之光炽烈地飘扬

让人动魄、战栗……让人神圣地成长！

2015-2-10

蓝天要求我……

夏日的蓝色天空高悬在我头顶

当我向着东面和南面的高处仰望
我看到了夏日天空的湛蓝、凌厉
当我望向西面和北面的天空
我看到：蓝天是如此寂静、锋利、高阔

夏日的蓝色天空笼罩在我头顶
它用湛蓝、凌厉、锋利要求我

——它要求我黎明就醒来
成为精神，广阔、庄严、崇高
有似清晨霞光中的雪山
有似群树之上夏日天空的沉静、钢蓝

我必须成长为孤独，成长为纯粹
蓝天要求我：过半神的一生

2015-2-18

2015-7-28

澄澈的时光

在日落之前
在繁花纷纷凋谢之前
在时间之箭追上衰老的红巨星之前
在人类的光亮在宇宙中渐渐黯淡之前

在雪峰的洁白、纯粹之上
在树丛的轻喧、崇高之上
在蝉的昂扬、持续的鸣声之上
在星座的闪烁、从容、庄严之上

（是什么在世界之上轻轻划过
像蓝色的丝绒，又像天鹅飞过正午的高空？）

在五月里白杨林的轰响之中
在八月树丛的明亮婆娑、摇舞之中
在夏日辽阔天空的无限湛蓝、浩瀚之中
在地平线上闪耀的轻逸的远方之光之中

在宇宙的深处，一团星云正汇聚、碰撞、剧变

一颗恒星正诞生

就在这新的生命、新的光中……

在无边无际的浩瀚里，一颗又一颗的新星的心中

2015–2–22

对远方事物的一次眺望

一定是某种原因使我来到这里

这里：飘忽的此世，或者我此刻站立的堤防

"此世"和"此在"彼此观映、照亮

就如我此刻正望着的远方

远方：树影，村落，旷野，山岚

它们是云霞的"那里"，蔚蓝的"那里"

在所有的时光，"那里"都是芬芳，是"永"和"在"

那里，有一切事物的光亮

一切事物，都在自我的原因中到来

它们簇拥、分布、疏离、相爱

在被允许的法则和秩序中

组成了世界的辉光

在远处的云岚里，"世界之光"是事物的

心灵，是事物的信念、相逢、相拥：

一切的原因，到来，发展

旷野，总是在明暗里隐现幽微的寂光

它在远处的辽阔里连通有限的事物

连通更远处里的无限和未知

我总是在过往的岁月里眺望远方的事物

眺望那远方里的华光，广阔，芬芳

我想起短暂和永恒之物

人世的长河之上是不老的星空

有时我望着远方树丛之上的天空

远方山影之上的天空

那里，似乎有着某种永恒

有着某种永远不会消逝的常在

风，总从远处的树丛之上吹过　(树丛摇动)

从远处的事物之上吹过

使那里的一切都发出光亮

天空，在辽阔的粉红里放送透彻的光明

我常常望着那里，逐年肃穆、神圣

某种来自那里的永久的教育使我成长

使我终致明白：事物之光不灭

世界的光辉从来也没有消失过

一叶障目的是我的限度

那时我年轻，怀疑歌唱、劳动、蝴蝶的飞舞

怀疑持续、到达、吹拂、摇动、雨、大地、生长

现在当我站立在堤防上，面向广阔的旷野

当我再一次向更广阔里的远方的事物眺望

我明白：那曾经感动我的一切终将欢乐、感动

我明白：我不比他物长久，却比他物拥有信赖

当我再一次眺望，向那更广阔里的远方的事物

向那树丛、云霞、天空，那远方里的永恒、光明

我明白：有一些存在会在风中永驻

有一些光辉永远不会从世界上消失、消散

2015–3–22

远方之光

在曾经的过往里，它是一切的存在和光亮
它蕴藏了所有事物的光亮。悠悠
是它的外在和伸延，它的精神是粉蓝
是不落云霞里的无限华光，缤纷芬芳的恒常

时光与星光在人世边缘坠落
在许多的年月里，孩子们：男孩子与女孩子们
都向往着远方，远方之光，他们渴慕它像渴慕
一个知识教师，渴慕夏日婆娑树荫的荫凉教导

我是那些孩子中的一个，有着永不变更的信仰
当青春青翠着永返的春天，我总是想：去远方
我总是想：靠近它，远方
它的未知，无限，华美，广阔，芬芳

它在远处的忧郁，迷蒙，惆怅
风中的时明时暗，若隐若现
我曾多次尝试靠近：远方
当它在远处的辽阔里沉默，或闪亮、昂扬

当太阳西斜，云霞用它的粉红辽阔教育我
伟大的忧伤。而，湄公河扑入澎湃，喜马拉雅
升入苍茫，火车的轮子驶入了更辽阔的江天
道路把一切都带向更远的远方

有时我无助。有时我走在远方的某条大河边
或在河流的转弯处坐下来
河水悠悠地从我面前流过
一天的时光从我面前流去了

一个世纪的时光也会这样流走
风从远处的树林和旷野上吹过
带着寥廓和大地苍翠的气息
而在更远处，轻光依旧在蔚蓝里游移

有时我站在路上，或把身体靠在树干的坚实
我看到：远方之光依旧在辽远处芬芳闪烁
我问自己为什么不能停下来，像一列火车到站
为什么要去追逐那远方之光，像一个半神，在大地
上忧伤？

人生而有限，众多的人不知道光耀
不知道还有另一个世界：在我们世界之外的存在
不去考虑日落的地方，不去考虑完整
当无限的大门在无限远处关上

群星也告别了大地，远离了人类。这太久远
群星带走了我们的不朽之乡。我们终得凋谢
空阔寂寥的天穹。一切是怎样发生的？
一切又是如何快速地向着浩瀚星空坠落！

有时我孤独。而无物能永留。当我不能
在时间里留住时间的力量，我也感到绝望
脆弱如我。耽留在地面，耽留在岁光里
我看到万物是如何地在有风的世界上消散

先行者，也是少数者，他们常会在晨光中醒来
温煦地，为众人寻找无限，寻找远去的故乡
我是那些孩子中的一个，不变更，在日落前
迅速成长。朝霞和落日教育我，充盈我

我敏察并清澈。我持重是因为我明白自己的路途
那命定和无形。我在寂静中走向更边远的沉寂
而远方之光却始终在辽远处预感着闪烁
永久的等待。我追寻它，在风中我再次转向了它

我知道，如果有什么能带我去往无限和无限的另一个
如果有什么能将我带往神圣，带往纯粹的万有的光明
那就是在远方永久等待永恒闪烁的远方之光
此外还有我在大地上的漫游：虽然它孤独，而又忧伤

2015–3–30～31

卷四 | 告别（2007—2008）

春秋日记（组诗）

3月20日：杏开春朝闻语声

是一场拾来又复消散的晨梦
是一幅水墨画的一笔笔淡去
是一支忧伤轻歌的渐渐远去，缥缈

多少次，在晨光中醒来
我的幼年微疼：
杏花开在薄荫的院落边
风的往来，燕子的呢喃，二月的
　　粉红与轻灵，淡白与寂静
有人在花树下轻声说话：
"种了两畦韭菜……等南瓜长成……"
"剩下的二分……豌豆……到开花……"

风吹在窗棂上，细细的
像我的无知，幼小，像幼年的轻伤：
我穿着碎花衣服，站在院落中，望见
盛开的杏花，往来的蜂蝶，空荡的地面——

花正浓，日正高，人已散

3月21日：春分里的群山

时间的鞭子。正义。
人世的动荡。虚空。原因。
生活之锤的一再擎举。直击。犹如
　　熊熊炉火前，铁匠的反复挥臂。
季节的轮回。疾病。归程。

这一切中，常春藤的如期到来
万物的意义，思想，约定……

在远处，群山之上
升起了一排春分的明朗
闪耀的，无限的，青亮的——

我得到了最好的回答。

4月8日：玉渊潭的春天

我们汇入了洪流
如两只蜜蜂混迹于人群熙攘
四周花树缤纷，一如
　　垂柳的柔婉
穿春服的女孩在湖边怒放
——青春的盛宴，永远不够

林荫路上的喧声，草地上的笑语
哦，春天的河流，人生的温煦
我已提前畅饮

风筝飞在天上，陀螺转在手中
——这老年与少年的不多的欢乐

最初的樱花落向湖面
我抬头望去：天空碧蓝
向虚无里深邃，延展
一种寂静的声音划过——我们往日的
所有忧愁，光辉，我们的春天岁月
就此无声逝去

4 月 10 日：樱花

它是所有我想见到的事物
所有的爱情，人生的华章，绚烂
月夜的痛苦，徘徊
远处深山的悠悠思念
人间所有来到的
　　原因，答复，存在

第二次，我站在盛开的树前：
那忽然忍住的泪水，往日岁月的
所有追思……热爱

所有的孤独：当我年少，怀揣
樱花的画片，独自走在
春风料峭的街上，街两旁的窗纸
　　哗啦啦响
当风吹过悬铃木的树干，消散于
薄薄的淡白的尘烟……

这仍是一张画片——新的，永恒的：
京都的春天，古老的玉渊潭
樱花垂落在人民时代的湖岸
骄傲的，勇敢的：除了它自己的
　　年华，心思，过往
它不会为谁而消逝，正如
它不会为谁的存在而存在

4月12日：你的名字，紫叶李

这是少年时出门的一次凛然撞见
这是童年时趴在窗口
向外面世界的一次眺望
这是一次约定：春天的，不归的

一个人的青春有着怎样的孤独
　　寻找，奔波，失望
在许昌的街头，在开封的帝王家

在春天的洛阳城外，巍巍嵩山的脚下
我向所有人问询你的名字
　　向耸耸肩膀的傲慢的白松
那时，你的名字如清冷的风，在四月
滴落，响起——紫叶李

仿佛温煦的风吹过田野
仿佛所有青春的流逝的回报
　　痛苦的补偿

或者，我也曾如盛开的花园温和
脱去冬天钢冷的铠甲
被生活之铁浇铸的
坚硬的心一瞬间变得柔软：
当我一年年俯在窗口，念起你的名字
如念一株神木的名字
——紫叶李

4月22日：这里，一切

光辉的桃李，五月的楝树
远处的群山，夜晚的星座
缓缓逝去的夕阳……

我宿命的万物——

如果我不再醒来

　不再记得，或者

　我忘记了这一切

一切，将是一场永远无法醒来的梦

4 月 26 日：在垂落里

在垂落里，树荫留出了足够的忧郁

阳光的蜡烛点在地上，像轻叹

像记忆的灵光闪现：在树荫里

四月的轻渺和空寂升起来了

黄鹂鸟在看不见的树荫里叫：豌豆待熟

瞬间，粉白的柳絮消散在上午的时间里

城外的田野上，青年汉子扎起了树篱

油菜花的明色画板撤去

而麦田正一里里点燃绿焰：清醒和伸延

升起，持续升起，向虚空里

杨树的存在被一点一点地增高

树荫中，晚春的轻寂、薄慢和迷重流去

明昼和光亮漫起来了，静和宽广

树荫原谅了高处，昂扬

原谅了远地，物事，芬芳：在垂落里

光，以及随后的暗：一段不再重复的时光
寂静的，无言的，宽容的，广亮的
不少于时间，也不多于大地的外延

一遍，一遍，我问自己：
这一切将去向哪里
这一切，将去向哪里……

5月31日：座中犹看江南月

垂蓝的夜河中也有整匹的细银
那月亮高挂着，如庇护的宝剑
它是一千年前长江边的那一轮

也是十八年前普陀海上的那一轮
也是三年前姑苏山前的那一轮
但如今它是一场圆形的睡眠
是彩云中水色江南的银冠

而月下江岸的忧愁也是一片
幽暗的水杉林的忧愁
千山与万水的忧愁

因此看啊，今夜它是宙宇的窗户
正被孔雀的小手擦洗

——几乎成为了雪

7 月 21 日：夜星

远行的路途上忆及宁静的闪电
我的夜星，在众星之中你闪耀着
至高的纯粹的燃烧是七弦的华年

是的，我已深谙人世的岁光
深谙命运的本意
万物的心明
当它们在世界上喜乐地分布，显现
一如造物的沉静之心
或者偶尔藏匿：在自然的爱和圆融里

而我的夜星，在众星之中你是怎样
忧郁——仿佛雪落在黄昏的原野
隔远了大地上的灯

8 月 29 日：落花

落花中，我知道有我看不透的生活本意
我知道我有无法改变的家国命题
如国槐花在城中飘落，雪白了千屋

而古都的缥缈，热爱于飞旋的
碎银。当近旁寺院的钟声敲响

谁在沉入惆怅？在公园的石阶上

在南池子街的熙攘的人流中
在城河静绿的流水边
谁在眷恋祖国屋顶上的白花与湛蓝？

一切都在轰然而逝
犹如人间的几场空茫
当高处的塔钟沉沉敲响

群树之上的光亮闪烁而行
青春的人群也离去。我留下
在千家，看落花

10月28日：银杏之一

生命的光华。大地的火焰。
季节的黄金，麦田，象征。
一个金色的人日夜垒着
    一座秋天的城池。
一个举着明镜的人，富足，安静，
    渐渐到达圆月的澄明。

阳光向着南方倾斜，风景也渐冷
一个季节在逼近的西风中
向着无人的旷野

呼救

10 月 29 日：银杏之二

在秋天它是我的儿童
在秋天它是我的金甲少年
我的懵懂花园，失落的学校
青春故乡，植物的月亮……

当我去看它：我心中还存留着
　　　一片山冈的高度
当它在我四周，不声不响地
　　　落了一个下午
它是这个秋天的金色的眼泪
我眼中漫向西天辽阔黄昏的
无边无际的
光辉，忧愁

11 月 5 日：最后

要上升，升到黄昏星

我还没有动身。
我在等。

等园中的树木全都落空
银杏的伞叶在下午落地成金

一株构树对着嫣红的夕阳，咯出
　　这个深秋最后的疼痛

然后大地进入了余晖：明亮与寒冷
万物的时刻来临了——
星光庄严，晚风森冷
宇宙从深不见底里，降下了火焰
　　　虚无——黑暗——审判

11 月 18 日：隐隐的光明

童年的精神。

时代的虚妄。

后半夜的月落。

时间的苍茫。

物理学的黑暗。

宇宙的空阔。爱。慈祥。

为了这些事物，这些忧愁的思想，
我几乎用尽了半生的光芒。

11月25日：平静的秘密

我有一场浩瀚的无望的等待

月亮，当你在夜空中滑行
如我们儿时提着的灯笼
你的栗树的叶片垂向背面
我几乎认为你是我所有的孤独
我的远飞不回的孔雀
燃烧的宁静的湖……

几乎是一场亘古的梦
人类的最初也是最后一盏灯
我们失去的所有的辽阔光芒，忧愁

而月亮——
你不是宇宙的空阔寂寥的心
不是那里的漫漫长夜的叹息，漫步的灯
永恒的燃烧，照亮……蕴藏
不是我的遥远的房屋
我的父亲群山，庄严的飘移的土

在浩瀚的无望的等待中
我合上风暴

2007-3～11，北京

告别（组诗）

这一刻

我必须面对。
黄昏有年年的深远，壮阔

而夜空，星群，命运
将笼罩我名誉的头顶

此时我注目：故乡的影像
归去，路途，温暖，方向……

这一刻，正是这一刻，夕阳
转向了苍茫：它留给我一生

横亘，光辉，西沉的忧愁
——广在的时刻

由来已久的

我在童年时代已被你带走

风吹过白杨林，像一种安慰
繁茂的树丛有青春至尊的光亮

我站在旷野上
倾听：世界上有唯一的声音

银河系无声。我接受
你给予我的名称

预感

年年夜夜。星群在屋顶上闪烁
乡愁的身影游移如黄昏清晰的壮阔

而远山依旧逶迤，憧憬并缥缈

那树林战栗着——
车轮的滚动声渐渐近了
死亡，阴暗面孔的三驾马车

我和春光并肩站在门口：我不枯，
无荣，等待进入……永恒

长久以来的
寂静

你不知道我的绝望

你不知道我的绝望
又一次，在屋中我低下头来
生活，它一直就是这样
从春天开始了搅拌，人世
  一年年掺进沧桑
而时间的浩渺烟波处，光荣，岁华
有无法倒回、重来的暗伤

你不知道我的孤独
就像河流在远方的流淌
自屋顶望去，星光明亮，生长
星河的转动中有缓慢的慈悲
我回答头顶千年不变的声音：
我生活着，在世界的隐深处

你不知道我的悲凉
当夕阳沉入人世的堤坝之外
黄昏横亘：我心上的金黄伤口
而辽阔，永远是一种忧愁
黄昏是无法触摸的故乡
它必须光辉，我必须一生
  驻留，苍茫

而这一切，我感谢——
我是被选择的

我无法再看到自然

当我被它从这个世界上带走……

我无法再看到楝树的光亮
而春天年年归来：在城郊，在繁茂树丛
　　的荫凉低垂与金风摇舞中

屋顶上有无限眷恋的空悠岁光

在南山上，雪会被阳光擦亮
银白，闪耀：被馈赠和指定的

我消失后，那里将有
世界之光

缓慢地

请给我四季和无边轮换的时间
请让我缓慢地告别

树林，群山，永沉的夕阳
夜空中从此夜夜有星群闪烁
　　如万古冰凉的垂灯

请指给我归去的路：千山万水
让我望见苍茫时刻：黄昏的热爱，无限

此后的每一天都是给予，赏赐

此后的每一年都是永逝，是告别
缓缓仁望着：星座，永恒，自然——
再见了，我爱……
再见了，我爱……

在万有之中我将是你纯粹的转向

时间的道德律

这里的一切终将消失
大地上的事物：无名和细小
常春藤的一页翻了过去
风永远来自晴朗之乡，带来寂静

然后到达期待的赞美：
消失着那消失之物，最终
又回到这里，完成自身
等待经历循环：广阔和自在

因而自天空的无垠蔚蓝处，风云

瞬时变化。大地上树木们再一次
开放了人间季的花篮
星群落下了允诺的庄严年华

在那里，在自由和神圣的方向上
永恒持续

积雪覆盖在原野

积雪覆盖在原野，晴朗的
地方有你万年的等候

千里的雪原，千里的寂静
银光延伸处，你的慈悲出现

童年，缓慢，远去的绝响
我正在人世上渐渐老去，在星空下

绵延着起伏，你在那里走过
风一路裹挟着轻尘吹向远方

空中的湛蓝里有隐约的声响
晴朗，晴朗在天边赶上了雪地

我将过去：请等待我
请引领绝尘的雪

永远的，寂静的

时间将从这里开始它的循环

没有风向和启明星的迟疑
也没有报更鸟那不可阻挡外部原因
的更变——它有它自己的方式

它有内心制定的真理：
在宇宙法则的轨道上完成一个圆

或者从现时的秩序中我回到我的群山
作为永恒的观察者，而不是作为思想

那存在，那消逝之物，我不过誉
我只说出：存在，消逝，回归，重现

在永远的寂静中我放下我的宝藏

回答

在万物的律动中有纯粹的存在
广布着绿叶，桃李花的心房
山脉纵横接替流水的源头
它再一次，在天空的刻度上说出无限

光亮，夜空，星座，春天的山冈
森林，晴风，山坡，灿烂的杜鹃
它们从明朗的地方群涌而来
它们将带来多于命运和原本的生长

或者让那光耀的树木无数辉煌
让它到达众物的故乡，到达宁静
如果它曾作为沉默者广阔，清澈

如果尘世不再记起我忧伤的名称
我将回答混沌中温暖的遗忘：
我曾经存在——我来过

2008-1 ~ 2

卷五 | 北方之星（2012）

秋天之花

乡间公交车开动出发的时候

白杨树们正在路旁安静敦厚排列

午后的阳光暖融融照向它们

秋天的光亮在树干上熠熠闪烁

这是一辆在城乡间运行的公交车

刚才和我一起等车的人此时都

坐在车上：他们都来自附近的村庄

他们是春灌秋收的乡村农民

每天都为粮食、年景和雨水操心

而此时他们则是贩果贩菜小贩

城市街边开小门面房的小商人

垒建楼房和掏挖下水管道的民工

还有一两个赶火车谈小业务的奔忙者

他们或喜悦，或忧愁，或安然

车开动后，他们开始了如同往常的互相交谈

而我则被路边盛开的野花吸引，它们

一片片，一丛丛，散布在草丛中、树林间

我认得它们：金黄的是野菊，蓝色红色的是牵牛

我熟悉这些花朵，如同熟悉星辰

它们遍布在村庄边、河堤旁、路途上

每到夏秋，它们便在乡间的院前屋后开放

或围绕房屋，或爬上墙头、窗台

陪伴着村人寂寞缓慢的生活

公交车缓行，路旁野菊牵牛们也更趋繁盛

我想到鲜艳、灿烂、绽放、彩霞

而我最想说的是：秋天之花，明亮之花

梨园城郊站到了，有两三个人上车

一个骑机动三轮车的汉子停在车旁

他朝车上一个妇女喊："我去进点货。"

我认出那是一个在乡村集市上卖厨具的人

妇女喊："我搭你三轮吧，去进点衣服。"

她快步下车，坐到三轮上，他们先是和

公交车并行，然后渐渐被公交车甩在了后边

他们常常在下午去城里进货

每天早晨，他们准时出现在乡村集市上

太阳升高后，集市上开始喧闹起来

人们徜徉在果蔬、厨具、糕点和廉价衣服之间

挑拣，争执，称量，为一角钱而讨价还价

树木的影子在地上向东北倾斜后

人群散去，集市冷清了下来

小贩们在喜悦或愁苦中收拾起物品

一个中年妇女仍在向着冷清的集市吆喝：

"炒栗子，焦花生，五香瓜子，茶鸡蛋。"
孤单的吆喝声里似乎藏着半生的忧伤、凄凉
而乡村女人们买回了锅铲、扫把、深秋的衣服
星期天她们聚集在附近礼拜堂里
唱诵，捧领圣饼，含着泪祈祷：
"主啊，快治好我的腿疼腰疼病吧，
我疼啊，筷子掉了我都捡不成。"
然后她们回到家里，做饭洗衣，照顾男人
下午她们坐在各自的庭院中，悄然老去
庭院外，爬墙藤正一天天地枯黄
桐树的影子映上旧年的围墙
清凉中，更替的光阴掺进了岁年的感伤

"果蔬批发市场到了，有下车的乘客……"
几个人走下车，走向路旁的果蔬市场
我望着他们：他们灰色的背影消失在大门内
市场门口，人流穿梭，车来车往
问价交易的喧嚣声从里边远远传来
这样的喧嚣要一直持续到傍晚
那时晚霞西沉，人群渐渐散尽
市场的地上躺着大片的菜叶和腐烂水果
清洁工人开始在秋天的晚风中清扫
他们谈起工资、物价，和附近的私人饭馆
此时在那里，一些进城的民工正群群聚集
他们喝着廉价的白酒，伴着花生米、猪杂碎

抽两元一包的"红旗渠"牌香烟，把饭馆里搞得
烟雾腾腾：上菜的女孩在一旁望着，一脸不乐
他们醉酒，咳嗽，争吵，为陈年旧月的鸡毛蒜皮
然后抱在一起拍背，欢笑或哭泣
互相搀扶着走出饭馆，摇晃着跟跄着，走向
远处的工地，那里，灯光昏暗
建了一半的高层楼房像一个庞然大物
狰狞，黑暗，吞噬着他们的身躯、体力
而他们毫不觉察，互相扶持着
滑进工地像滑入一口深井……

西边的天空中，悬浮着一大片白云
美丽，轻盈，像一个遥远的梦想
它始终跟着公交车，如同某种安慰、庇护
而公交车在一个个站点停下，然后
继续前行，人们互相招呼着告别
或在车上遇见时来一声惊叹，彼此逗乐：
"还吃油条哩，小心地沟油！"
"咳，吃吧，大不了得个癌症。"
几个中年男人在我身后的座位上交谈：
"九月初九是祖师爷生日，祖师村
有庙会，那天我得去赶庙会……"
我记得那些春天的庙会：舞狮子，唱大戏
卖糕点和糖葫芦的小贩排列着笑脸
人们春服鲜艳，往来穿梭、欢笑、拜望

街两旁，翠柳在暖风中摇动，燕子翩翔
桃梨花在一些庭院中一树树绽放
这些节日，这些世俗的事情，苦乐的气息
使他们得以在这片土地上生存下去
　　世代延续，生生不息
而公交车上的交谈还在继续：
"俺村建高铁的地皮钱都让上边截留了
我们每家只得到了六分之一的补偿款……"
"他不能白占你的门面房，告他去！"
"他是市局领导的亲侄子……算了吧。"
和往常一样，他们默默忍受了下来

这路公交车我已坐过多次，每次我都会
遇见他们：相同的或不同的面孔
平和、善良、安静、无奈，带着笑意和尘埃
我离开他们已经多年，在远方的奔波
生活里，我无数次想起这一片故土上的人影
想起他们，我在大街上骤然停下脚步
黯然，痛苦，忧戚，叹息
想起他们，我在地铁里忽然泪水迸落
我永远记得他们：他们的身影、衣食、年岁
他们的房屋、偏远、无助、黯淡
　　艰硬、忍受、和寂默
而此时他们在我身边交谈，我则被忧戚击疼：
我不能帮他们要回被占的门面房

更不能帮他们寻回被截留的土地补偿款

以及乡村庭院中的女人，城市小酒馆里的民工……

我想安慰他们苦楚无奈的心怀

我想转过头去，看看车上的每一个人

记住他们尘埃的面孔，他们衣服的颜色

我想拥抱旁边怯怯望着众人的小女孩

安抚她的幼小、脆弱、童年

我想指给每一个人看西天的那一片白云

告诉他们：每天晚上，那里都有闪烁的星光

我想告诉他们：此刻在他们的村庄

在房前和屋后，在河堤上和道路旁

此时正盛开着一丛丛的野菊和牵牛花

那乡间的灿烂，明亮，绽放，彩霞……

公交车在一个站点停下来

我没有回头，也没有说话

而是忍着眼中的泪水，默默下车

他们将继续赶路，我则回到某间

租住的城市房屋，继续孤独的生活

"你现在在哪儿？"

一个认出我的乡民探出车窗问我

他问我住在哪儿，但也可能是问我在哪儿工作

我张了张口，忍着的泪水将我的话

堵了回去。公交车启动着轰然远去

我愣神片刻，转身慢慢汇入城市的车水马龙

一句深藏多年的话终于未能出口

它仍将深藏下去——无论我在哪里

在光阴还是在山水，在这里还是在远地

　　我都在他们中间。

我明白，我的无力犹如他们的无奈

我不能给予他们什么——但我仍想、仍想

指给他们看天边的白云、蔚蓝、星辰

以及遍开在广阔的厚朴的大地上

那照亮他们的脆弱、无助、黯淡

照亮他们的幽暗寂默年月的

　　——秋天之花

2012-10-7

北方之星

两棵杨树，四棵桐树，两株榆树
一畦韭菜，一畦蒜苗，两垄青菜
几丛野菊，一片牵牛，还有两米高的刺玫
每天我就这样望着房屋的后窗
观看风景，述数点查着窗外的事物
这里是乡村，更确切地说是我的故园
我的屋后是一条小街和一片空着的宅基
空地上长着野花，被主人种上了树木和菜蔬
它们带来了我心仪的清凉、洁净、绿风
每天我都听见街上的人声，望见窗外的事物：
两棵杨树，四棵桐树，两株榆树
一畦韭菜，一畦蒜苗，两垄青菜
几丛野菊，一片牵牛，还有两米高的刺玫

然后她们来了，从街东边和街西边，聚坐在
我屋后的树荫下，开始午后或傍晚时的交谈
她们是婶子嫂子辈的人，还有几个我不认识的新妇
她们谈家长里短，姑嫂婆媳，年景节气
有一次她们悄悄谈起了我："这么大年龄了，

也不成个家，住在兄弟家里，算个啥？"
"听说是心肌缺血，回来休养哩。"
我每天在村庄或村外散步，常常遇见她们
她们热情地招呼我，嘱我多吃饭多走路
再次谈到我时她们换了口气："一个女的，
没有家，还有病，不住兄弟家能住哪里！"
善良和宽容使她们接纳了我的归来

我每天穿行于村庄，也穿行于乡俗琐事
总有孩子出生，某家办酒席、放烟花
也总有老人去世，街上响起鞭炮声和唢呐
住十字路口的一对年轻堂兄弟则先后死于公路车祸
我知道那条村西的公路，那是通往城市的唯一
路途，原本属于附近几个村庄，后来连接上了
村旁的高速，被扩建成一条通往高速的主要公路
每天，公路上都异常繁忙，人车混行，车来车往
从高速路上下来的卡车货车庞然巨大
司机们打着哈欠，一脸疲倦和睡意
"为何不另修一条公路供村人出入？"
我曾问城里知情的朋友，他们说：
"那样市里不又得多拿一笔钱！"
而村里人对堂兄弟俩的夭亡却另有解释
主家请来了算命先生，卦辞曰：祖坟里漏气
人们议论纷纷："原来是祖坟里漏气，谁能有啥办法！"
死者已矣，人们的生活还得继续

有人生了病，家人会去庙里进香，或去礼拜堂祈祷
有孩子发烧，会有老人说："吓丢魂了，叫叫吧。"
于是有几天，我总在正午时听见屋后街上两个妇女
的叫魂声："小军，回来吧。""回来了。"……

她们有时会在街上高声说笑、互相戏骂、喧闹
有时激烈争吵，为一棵树、几棵菜、孩子间的打闹
有一次我听见她们在谈集市上的过期饼干："是城里
一个食品厂下来卖的，很便宜，我吃了，没事。"
她们不只吃饼干，还吃过期火腿肠、方便面
曾经因此而出现集体食物致病事件
她们相信电视上的医药宣传，相信不知何处来的
公司人员推销的中成药、钙片、维生素、软胶囊
过后才知道：维生素、钙片的原料只是面粉
中成药是花草，而软胶囊也是用烂鞋底做成
她们相信游村野郎中卖的药酒：为了治腰腿疼、月子病
服用后或者无效，或者出现身体的其他毛病
她们接过城里三流医院来的宣传人员
赠送的保健卡、补贴卡、专家优惠卡
跑到那些医院去看病，把钱花光后
仍带着一身病痛回来，然后继续进香、祈祷
她们持家、照顾田地，守在庭院和村庄里
一次次受骗后，仍轻信外边来人的花言巧语
但有一次她们让我感到惊奇，傍晚时
她们在我屋后的街上谈起了北方的大熊星座：

"那不是勺子星嘛，刚好七颗。"

"现在是秋天了，勺把儿朝西。"

"听说这七颗星星，每颗星星都主

一些人的时年运气、福禄寿命，

对着你的那颗星星祷告，运气就会变顺。"

"真的？那我以后得常看常祷告……"

而傍晚的街上更是男人们的天地，他们

刚从城里回来，结束了一天的短工或小生意

他们带回了外边的消息："日本要占钓鱼岛，

今天城里有许多人上街游行，表示抗议……"

"我常送水的那几个单位，当官的都把子女

送到国外去读书，不知咋都那么有钱。"

"西边新修的'高铁'把孙赵村俺老表的房子

给冲了，只补偿他了八万，还不够盖一所房子。"

"听说中央补偿的多，都让'上边'截留了。"

他们谈论更多的还是他们自己：

"老总规定每个人每天得垒完一千八百块砖，

我累得腿都发硬了。不干吧又没钱……"

"你那算啥？我在大夏天的中午还得去修公路，

鞋底都烤化了，工头不让休息，还说'热不死人'！"

"今天我们把水暖管道往五楼上搬运，

来来回回跑了有上百里，累得够呛。"

他们建楼、修路、搬运、掏挖下水管道

整年靠出卖体力挣回微薄的工钱

他们时常表露出对这种生存的满足：
"不管咋样，总比那些挖煤、卖血的强。"
他们时常喝酒，醉酒后在街上笑闹，高谈阔论
张扬着被压抑的性情。偶尔也会骂人、耍耍酒疯
有时则坐在街当中哭泣，述说自己的背负、艰难
以及陈年旧月里的不公、委屈、伤心事
然后被人拉回到家中，倒床大睡
第二天依旧进城，出卖他们的体力、年岁

有段时间我听他们谈起了土地租让合同：
城里有个公司租用了村东的土地，为期十年
合同签订后，村里人才发现自己受骗：合同中
只规定了村人的责任义务，而没有给公司任何约束
土地可以被任意使用、转租，而村人却没有过问的权利
那几天里，他们时常在我屋后的街上叹气：
"谁知道会这样哩，咱们又不懂合同。"
"那些公司真孬，他们就是欺负咱们不懂。"
他们也谈到了上边、法院、律师、上诉
然而曾经的目睹又让他们最终放弃：
"上边"曾带了防暴队下来执行公务
对人呵斥、殴打，推倒建筑，砸坏树木
所到处鸟飞鸡叫，羊群咩咩，狗声乱吠
搞得村人几天都生活在不安之中
他们总是畏缩于高处的权利
对公安、检察、法院、市县乡三级政府

对所有的国家机器感到畏惧

感到它们深不可测，高不可瞻

他们总是仰望，然后感到脊背发凉

"那些公司在法院都有熟人，和政府也都很熟。"

"南边杨圈村也和一家公司签了租地合同，因为没有

得到钱，村民去抗议时，被公司雇的黑社会人员打伤了。"

"还是算了吧，毕竟合同已签，大不了吃亏十年。"

最终他们接受了现实，接受了自己的弱势

日月运行，年节更替，人们的生活继续

村西的公路又夺去了邻村一个女人

和她的两个上学孩子的生命

人们谈论一番，随后也就慢慢丢开

他们相信政策、上边、规划、发展

配合着高速公路、高速铁路、城市的扩建

从不去想自己被夺去的土地，以及生命、家园

那条高速公路带给他们的只是远方的传说

云烟、缥缈、回声，以及更远方的美丽幻影

人们每天望它一眼，然后继续各自的生活

他们谈论婚嫁、节日、收割和种植

也谈起几天前刚出事的傻孩子杜志端

他跑上高速公路，往南走的途中被汽车撞死

我还记得那个八岁的喜欢歌曲的孩子：

干净、白皙，每天都在我屋后的街上溜达

手机里反复播放着"九九艳阳天"

"小城故事""北京欢迎你"和"彩云之南"
他对远方有着莫名的向往，总是跑到村外
跑到远处的路上，然后被好心的村人带回来
而这一次他索性一去不返：不知他是否见到了"北京"
是否去到了他所向往的"彩云之南"

两棵杨树，四棵桐树，两株榆树
一畦韭菜，一畦蒜苗，两垄青菜
几丛野菊，一片牵牛，还有两米高的刺玫
每天我仍望着窗外的事物，听着街上的人和事
我明白，有一天我会离去，而这里的一切不会改变
他们依旧被欺凌、被剥夺、被抛弃、被献祭
他们依旧打工、算命、叫魂、进香、祈祷
继续盖房、婚丧、过节，度着无人过问的寂默年月
我的伫望不能改变他们低处的生存
我的沉重、叹息也不能改变他们命运的黯然
我在心中呼唤着他们，却不能把我的心思
传递到他们的心上：乡亲啊——
我只能咽下我的泪水，咽下我的苍茫……

但我仍能拥有唯一的安慰
但我仍能拥有唯一的辉光、芬芳：
——那夜晚的北方，那北方的夜空
在那里，每天晚上都高挂着北斗七星
随季节转动，在清风中闪烁

我安慰：这一片乡土上的人，这些被剥夺、被献祭者

仍能时常抬起头来，看到那北方的夜空

看到那北方之星——北方的公正、正义、引领

那几颗星，不能给他们带来食粮、井水、房屋

不能带给他们所期望的时年运气、福禄寿岁

但他们仍旧能够年年抬起头来，伫立仰望

我相信：那是他们的北方之星

我相信：无形的手可以夺走他们的年月，生存的一切

但却夺不走那北方之星：他们的向往、明亮、夜光

那是所生存的宇宙对他们的安慰、馈赠

那是宇宙的安宁，是宇宙的善意，接纳，怜爱，深厚

——无边无际的慈悲

无边无际的爱、荣光，以及永恒、完整、宽广……

2012-10-15

天国之城

清晨的熹光将高处的树梢擦亮的时候
附近的中学准时响起了"橄榄树"的晨曲
天井中还有些昏暗，燕子也在檐下壁观
庭院中的住户已相继起来，开门、走动
在公用水管处轮流洗漱，小声招呼、交谈
一些女人在催促孩子起床、穿衣、上学
或在走廊里用煤炉液化气炉做起早饭
有人在楼下开着或蹬着三轮车出门
有人把上学的孩子抱到了自行车后座上
有两对夫妇推动了小吃车子，准备去赶早市
人们下楼的脚步声，主妇做饭的嗞啦声
天井里的喧声，楼下的招呼说话声
大门口不时响起的轻微的碰撞声
每天清晨都相同的声音又交织在一起
而附近的中学还在播放着晨曲：
"还有还有，为了梦中的橄榄树，橄榄树，
不要问我从哪里来，我的故乡在远方……"

这是都市村庄里的一个普通庭院

三层楼房共住了十八家租房住户

他们都来自近处或远处的乡村

或者刚刚从乡村来到城市谋生

或者已在这里租住多年

他们大都集中在北面的集贸市场

卖蔬菜，卖干货调料，或卖牛羊熟食

有的开小磨香油磨坊，有的卖米面食油及杂粮

有一对夫妇专门给人裁剪收拾裤脚

另有两对夫妇每天推着小吃车子去赶早市

吆卖包子、蒸饺、油条、八宝粥、胡辣汤

一楼的一对夫妇则收废品：女人守在

租住屋里，男人蹬着三轮车穿行在城市的街巷

我租住的二楼东屋正对着天井，每天我

都能看到他们忙碌、进进出出的身影

有时我去散步，也会看到都市村庄里其他

庭院中的情景：相同的身影，相同的忙碌

而他们的孩子则在附近的小学中学里诵读

为着父母的理想、所付出的汗水、高价的学费

租住在西屋的小两口很晚才起床

他们没有孩子，两个月前刚刚搬来

他们在北面的街上开了个饰品小店

卖手链、发带、水晶球，也卖女包和文具

他们昨晚又在租住屋里闹腾到半夜：

男孩在外面受了欺负，常回来对着女孩撒气

摔盆打碗，捶床扔凳，揪拽女孩头发
我常听见他在西屋狂怒的呼喊：
"我是为了啥啊？我来到这儿，天天
受人欺负，到底是为了啥啊……"
每次都要闹到女孩痛哭喊叫，或房东
在楼下高声呵斥："再闹给我搬走！"
小两口的喧闹才渐渐停止
此时男孩在屋中吃饭，女孩在水管处洗衣
并小声愉快地哼唱着常唱的歌曲：
"你说想送我个浪漫的梦想，
谢谢我带你找到天堂……"
一夜过后，他们的生活又归于风平浪静

"你说想送我个浪漫的梦想，
谢谢我带你找到天堂"，相同的歌词
十几年前我也曾听另一个年轻人哼唱：
他是我原单位医院的临时工，高大英俊
总是对人微笑，眉宇间却又带着倔强、不屈
他带着妻儿父母从农村来到城市
每天往病房楼上送沉甸甸的输液水
梦想着成为正式工，成为一个城市人
后来他在工作中多次遇到不公，盛怒之下
他将后勤股长砍成了重伤
他被判去新疆监狱劳动改造
半年后，他误死在了干警的枪口之下

他没有去到天堂，而是葬在了万里外的异乡

而更多的人则继续梦想着天国
他们携家带口，来到向往的城市
租住在我所住的这个都市村庄的庭院
我每天都和他们擦肩相处，观望他们的存在
下午是他们部分人歇息和备货的时间
他们进货，在走廊里收拾、清洗，并相互交谈
他们最常谈的是在城里买房，拥有
一处房屋是他们成为城里人的标志、象征
附近盖的新楼房、小高层，他们不敢奢望
"能在城里买一套二手房，扎下根来，
就是到了天国了，还想啥哩?!" 他们常说
他们羡慕北屋的刚搬走的住户：那户
开烩面馆的人家在城里奋斗了十年
一个月前终于买到了二手的套房
但更多的人则必须留在这里，继续租房和劳顿
他们每个月都要交纳税费、工商管理费、
门面租金、卫生费、以及住处的房租
还要按时交上水电费和孩子的高价学费
微薄的收入使他们常常拖欠房租
二手楼房对他们大部分人都几乎是天上的月亮
我常见一些女人晚上带回来烂菜叶烂水果
那是从北面的集贸市场的地上捡来
而一楼收废品的人家，两个孩子身上的

旧衣服旧鞋子，都是从废品里捡回：一年四季
他们时常搬家，带着孩子和零零碎碎的家当
或因为更换干活的地方，或为涨高的房租所迫
他们中的一部分人曾全家回到故乡
因忍受不了乡村的偏远、闭塞、愚钝、迟滞
以及县乡政府官员的耀威、横暴、霸气
他们又再次全家离开故乡，来到城市
"回去又能怎样？"他们声气相同：
"回去趴家里没钱花，还受当官的气。
在这里能挣俩花销，还比较自由。"
"俺村连小学都没有，小孩上个学都困难。
在这里虽说艰难点，至少孩子有学上。"
一年一年，他们滞留了下来
在城市的各个角落缩居和飘荡
他们偶尔也会抬头看一眼未来
看到的只是晨雾般的飘忽、迷蒙、茫然
"想那么多有啥用？过一年是一年吧。"
他们又继续每天的生计、买卖、劳碌
他们有时会谈到故乡的房屋和稼穑：
"在老家，现在快到收麦的时候了。"
"在老家，现在玉米大豆恐怕已经收完了。"
在遥远的乡村，每到五月，天空晴朗
麦田一片金黄，无边无际地铺向远方
暖暖的风在麦田上整日向远方吹送
金黄的麦田，金黄的大地，金黄的村庄

仿佛往日曾经的生活，仿佛今日惆怅的梦乡……

他们有时关在屋中，夫妻互相争吵

女人小声埋怨，压低声音哭泣

为税务工商部门的罚款、孩子的高价学费

也为拖欠的房租、房东的不满、催逼

第二天早晨他们依旧送孩子上学

相互沉默着出门，开始一天的劳碌生计

他们每天都要经过北面的十字路口

那里车水马龙，衣着鲜丽的城市人群穿梭

去菜场、乘公交、度节日、上班去

公交车、私家小汽车、各级单位的车辆

像一只只钢铁爬虫，把这群乡村人挤到路边

碾磨挤压着他们内心的脆弱、柔软、希冀

两旁的路上，排列着柳树、紫叶李、冬青和月季

每到春天，路边的紫叶李便一树树盛放

他们上学的孩子每天放学后经过那里

会看到缤纷的花树，月季的华年，翠柳的轻扬

路旁冬青的光亮，以及合欢树上的飘荡伤感童年……

而傍晚的晚霞又在西边的天空渐渐隐没

树梢上消失了光亮，燕子也在檐下归巢

楼梯上响起了小两口归来的脚步声和哼唱

看来他们今天的买卖和心情不错

相继归来的还有卖菜、卖干货、卖杂粮、

及一楼的小磨油坊和收废品的住户

只有一两个卖熟食的还留在集贸市场

此时市场上已经人群散尽，鸟雀消匿踪迹

一个又一个的店铺相继关门打烊

几个卖熟食的铺面还亮着微弱的灯光

一些人影在灯影里晃动，灯光后面，几双

疲惫渴盼的眼睛还在望着空荡荡的大门

直到夜静，市声消隐，大门口只有来来去去的风

他们才灭灯关门，相继走去，消失在星光下面

市场完全归于了沉寂，地上，躺着烂菜叶烂鱼虾

被丢弃的彩色塑料袋在夜风里翻卷、飞动

上边，天空愈来愈深浓，像一个巨大的暗色幕布

市场渐渐被浓重的黑暗抓住，吮吸、吞没……

而在都市村庄的庭院中

租房住户们已相继安歇睡去

灯光在一家家的房门后关闭

天井沉入了深深的黑暗呼吸里

天空中，繁星闪烁，北斗横斜

星空继续着万年不变的缓慢转动，无声

它将夜夜被下面的这一群劳碌的人群梦见

他们还会年年梦见金黄的麦田，金黄的天空

一年年吹在麦田上的金黄的暖风

以及他们所向往、所走向、所伫望的

——天国之城

2012-10-22

卷六 | 短诗辑（1986—2007）

春天的早晨

青翠的树林中晨雾迷茫
绿色的大地上一片清凉
啊，春天的早晨
你像一位忧伤的姑娘
像她的忧伤的歌唱
青翠的树林中晨雾迷茫
绿色的大地上一片清凉

小燕子在柳树林间飞翔
朵朵的野花盛开在道路旁
啊，春天的早晨
你像我的年轻的哥哥
他正坐在窗前读书，向着朝阳
小燕子在柳树林间飞翔
朵朵的野花盛开在道路旁

金色的阳光正从东方升起
树林和大地洒满万道霞光
啊，春天的早晨

你像我的美丽的校园

也像我的宁静的村庄

金色的阳光正从东方升起

树林和大地洒满了万道霞光

1980-5-18 （12岁作品，小学时期）

稻草人

在秋天的田野上
站立着一个稻草人
它是父亲扎成的，憨厚又机灵
我给稻草人系上了一条红纱巾
把它打扮得美丽又闪亮
稻草人忠实地立在田野上
守望着谷地，守望着秋天和家乡

我和父亲要回家去了
我问稻草人："你是否寂寞？"
一阵风吹来，稻草人哗哗笑了：
"我不寂寞，我不寂寞，
田野上有灿烂的阳光，
有一阵一阵的风陪伴我，
天空中还有一团团的云朵，

注：此为我的第二首诗歌；第一首诗歌是《歌唱春天》。又：这种重叠、回旋的形式应该是受了母亲的歌谣和经传的影响，或者是受了当时所读的裴多菲诗歌的影响。

小鸟们也落在我肩上，对我歌唱，
我很高兴，我很快乐。"

我和父亲回家去了
在秋天的田野上
站立着忠实的稻草人
守望着谷地，守望着秋天和家乡

1982–9–5（14岁作品，初中时期）

无　题

（给同学）

你读懂了春的烂漫、夏的炽热，
我读懂了秋的沉静、冬的肃杀，
于是，我们读懂了四季，
读不懂的，是这茫茫的尘间。

你把梦境交给春日飞絮的眷恋，
我把梦境交给秋夜落叶的哀叹，
于是，看东流水洗涤了我们
　　昨日纯稚的梦幻，
洗不去的，是我们灿烂迷蒙的明天。

1985–6（17 岁作品，卫校时期）

注：谷地，即谷子地。这首《稻草人》写于 14 岁，是我的第六首诗歌。1987 年
秋天父亲因肺癌去世后，我又写了一首《哭泣的稻草人》：稻草人每天都在等着那
个熟悉的身影到来，从夏天等到秋天，每天等每天等，那个熟悉的身影始终没有
来，稻草人终于明白，那个熟悉的身影永远不会来了，稻草人伤心地哭了……

夏日莺萝

思念花，为什么要开在树林边？
为什么要开在夏天的树林边？
为什么要一年一年
开在夏天的树林边？

寂寞花，我已是第九次
看见你红色的身影
在夏天，在林边
每一次我都是多么吃惊：
你居然又一年开放
在夏天，在无人的林边

（你是否从来都没有凋谢过？）

不要在我的面前凋谢
不要在夏天里凋谢
更不要在我离开时

回望的那一瞬间

凋谢

1986-8-16（18 岁作品，卫校时期）

1999-9-2 修改

问为何事来人间

年年开在树上的繁花
究竟为了什么事情
要来到这寂寞的人间——

开在寂寞的庭院，寂寞的路边
寂寞的山坡，寂寞的河岸

（那一年我是无知的少年
走在树木开花的乡村路上
一树树的繁花，仿佛一个人
来到人世上，对我说话）

而年年开在树上的繁花
一定是为着什么事情
才来到这寂寞的人间——

开在寂寞的庭院，寂寞的路边

寂寞的山坡，寂寞的河岸……

1987–4–22（19 岁作品，卫校时期)

2004–5–23 修改

长庚星，夜空中你那明亮的眼睛

隐藏着多少人间猜不透的迷宫

傍晚的天空上没有一丝云彩，是谁
把你放在那么高的地方，孤单而又高悬

是谁给了你千年个不变的夜晚：
多少个白昼滚滚逝去不能回来

多少次冰雪消融又杨柳依依——有人在
花树下感叹：啊，又一个来临的春天

在傍晚的原野上我曾望见你的身影
那是十年前，在我少年的眼中你是那么神秘、高远

多少次我追着你的身影奔跑——我渴望
追上你的步伐却总是被时光抛下

注：此诗原题为《问繁花》，2004 年 5 月 23 日改为此题。

多少次我渴望阳光却得到倾盆暴雨
多少次我渴望繁花却遇到落叶萧萧下

我想得到友情：它胜过地上的金子……
如今我却看不清人群，也对生活疑惑

如今多少个白昼逝去：时光一去不返。有人在
花树下感叹：啊，又一个流逝的春天

又一个逝去又回来的春天：星光变得温暖
林中的河水再一次溢满两岸

在这返回的春天让我跟上你的步伐，长庚星
不是走向黑夜，而是回到你的黎明

1990-5-28

红月亮

远离城市的喧嚣
也远离人们的和平生活
郊原上只有一片片的枯树林
在冬天，只有来来去去的风
红月亮，大雪纷飞了
所有的鸽子都已回到窝巢
冬天的屋顶上缭绕着一层薄烟
放鸽人和看园人都已回去
在郊原，只有光秃的树枝在风中站立
只有我和沉默的树林、河流相伴
一整天，我和萧瑟的事物相偎相依

黄昏已经广阔地降临
大地上的一切渐渐趋于迷蒙
红月亮，大雪纷飞了
所有的孩子都会回到家中
只有我还留在冬天里
在妈妈依门忧愁的目光中
我独自留在冬天里，靠着我的忧伤

黄昏的郊原上缭绕着雾霭
我在黄昏里，在郊原上彷徨
远离所有的房屋
也远离人间的温暖的灯火

我是那个最后回家的孩子，红月亮
我不知道在旷野上远去的人是谁
是命运，还是冬天的旅人？
而在某一间房屋中
妈妈的盼望、等待汇聚成了白发
我是那个最后回家的孩子，红月亮
我在黄昏的雾霭里回去
在东边初升的红月亮里缓缓地走回
没有人知道我的孤独
就像没有人知道燕子和星星

1990-12-29

一个下午的秋天

望着远处的事物，怀想
已经消逝的遥远往昔
坐在无人问津的台阶上
她脚下的落叶飞舞着、堆积着
她注视的目光一点点平静：世界
不可思议，如此丰满、奢华。

大地、房屋、树木、飞鸟，还有
风：秋天热情的访问者
她注视的目光升高
一个世纪的落叶突然
堆积眼前：如此奢华。

这是一个流逝的下午：
河水滔滔，雁群飞去
木叶漫天飞舞，树梢渐渐
光秃：天空露出来
秋天突然下降

怀想着永不回来的遥远往昔

她一步步走下台阶：

"当我能够接受秋天

也就是：我接受了消逝

或者：衰老。或者：死。"

1997–11

夏日池塘

夏天在一个晴朗的上午来到，南风
强劲地吹进树林，草地渐渐湿润
池塘中的水开始一天天涨满
并且一日日地碧绿、宁静
一日日地，再一次盖满水草和浮萍
接着四周出现了牵牛、铃兰和酱果草
出现了蝴蝶、鸟雀和迷途的小兽
整个夏天它们都在池塘的四周飞翔、彷徨

树林宁静地倒映水中
白色和黑色的树干，以及浓密的树冠
它们来自四月，来自去年的夏天
来自上一个和更前面的夏天
像那些云团和透蓝的天空
它们也是再一次来到池塘的上面
以及蝴蝶、牵牛和酱果草地
——夏日池塘仿佛成了大地上的回忆

夏天的事物被池塘照亮：
树林、天空、云团、土地以及地上的花草

暴雨以及雨中的闪电、南风和花园

太阳从树间照下来，酷烈而耀眼

池塘照亮了夜晚的星星

——从黄昏到黎明

池塘照亮了山冈、照亮了构树和栗树

它们的白天、黑夜、青春、梦境

有时暴风雨会袭击树林，在下午

或傍晚的时候，蝴蝶和小兽

没了踪影，草地和树木忽然惊慌、凌乱

雨雾笼罩了池塘，世界骤然昏暗

很快风雨过去，池塘重新平静，树林焕然一新

天空纯净而透蓝：这一切只有鸟雀和小兽们看见

从早到晚，树林中没有人来

——池塘边有一个被人遗忘的夏天

如果谁要观看夏天就要走快

如果谁走得慢，如果晚来几天

在池塘边他只会看到锈钝的太阳、寒冷的

星光，日渐干枯的草地上，花草开始凋谢

天空和云团一下子跑得老远

树林衰老的身影倒映水中

——夏天正在池塘里

湮灭

1999—9—6

四段诗

一

我弄不清春天的去向

这是醒来的一季，沉默

和悲痛的一季

我学会了黑暗的知识

学会了夜晚的坚忍和缓慢

学会了消逝……

当一切像落日一样远去

我学会了沉默、明朗、透彻

——晴朗的冬天，寂静的原野

二

命运，让我怎能怀疑你的光芒

——当你在我的前边出现

当你夜夜升起在深蓝的夜空

微笑着，像满月的光

又像母亲的面庞

我没想到生命可以如此高贵

可以经历一年一年，苦难，孤单，秋天……

而命运，有什么能遮住你的光芒
——当你来到我的身边
陪我坐下来，陪我不言语
陪我哭泣、热爱、睡眠
陪我出门远行，在春天……

三
不必告诉我白天或夜晚
——我抛弃了我的生活
抛弃了我的寂寞
抛弃了我的白杨树的故乡
我甚至抛弃了我的黯淡的命运
正如你们所见：
我走入了北国的苍茫
——像衰老的时间一样

四
栗树和白杨，你们喧哗吧
这是新的春天：新的痛苦
花已谢，水流走
星光已暗淡
一切，像落日一样远去
只剩下你们在我身边

因此，栗树和白杨，你们喧哗吧

——当着这新的流逝，新的虚幻

2000–5–20～21

雨

1.

雨……闪电……
阴云的天空……
我哭泣。
有什么正翻山越岭而去
而雨落在大地上
雨落在大地上
仿佛是迢迢千里
而来
我哭泣……

2.

下午，雨落下来
我走向野外
沿途，空无一人
鲜花相继凋谢……

寂静的田野，野花
雨中沉默的树林

河水滚滚流向南方
地平线上的亮光一闪而逝

我来得太晚：
青春，正翻山越岭而去
而雨，在世界上洒落
如我在人世的孤独，沉默……

3.
这是童年的哭泣
这是记忆的水流、月光
这是围墙外的一株白杨
树干在雨水中闪闪发亮
这是奔腾的河水、消逝的玫瑰
在雨中的黄昏的灯光中
我曾穿越无数的城镇、乡村
这是丢弃的温暖、夜晚、春天
这是遗忘的爱情的光阴
在北国的淡蓝或暗灰的天空下
这是祈祷、凋谢……重现的往日时光

2000-7-23

一　年

命运怎能改变白天或夜晚
怎能改变地上流水、树上繁花？
我只是不再为故乡和童年流泪
百木如期凋零，我不再伤悲

十二月来了，风在旷野上游荡
在长堤和树林中呼啸
而在远处的河流上
芦苇白茫茫地摇动在河床

你无法改变流逝，也无法改变我——
我头顶的蓝天
我昨夜的黑暗
我成长的欢乐、苦难
我的痛苦，我的尘土，我在冬夜里写下的书

2000-12-30

积雪覆盖在原野

积雪覆盖在原野
大地上的事物蕴藏其间：
田野，树林，村庄，道路
当我回转身，我看到：天空蔚蓝

我看到了绵延千里的平静的雪原
我看到晴朗的天空，明朗的冬天
风正从雪原上吹过，隐约而缓慢
我看到千里的寂静，千里的澄明

我知道你还等在那里——
在千里雪原，在晴朗的地方
我知道你还等着我的童年
等着我的时光、衰老、黯淡……

我这就过去：时光正飞速流逝
走过所有的村庄、树林
走过所有的积雪、原野

你是我的痛苦、成长、月光

温暖的归途，光明的故乡

2001-1-9

一个春天

乡村路啊——

我要在春风里思念

在黎明时感叹

在命运里回眸或遥望

在匆匆行走的路上忽然热泪盈眶

你有你的黎明

你有你黄昏时分美好的归宿

春天的原野上野花烂漫

春天，你的虚空，富足

啊，生活的道路……

（它是路上的烟尘，二月的风，意志

以及柳丝在阵阵轻尘里……寂静地飘

它是故园：繁花似锦

杏花盛开的纯粹、真实、可靠

当白杨在向北的道路上排列

它是那树干的银白……

它是信念，象征，譬喻：一次完美更替）

而乡村路啊——

我依然居于一方，痛苦地想念

无数道路的那头

故乡的春天，故乡的芬芳

——我是春天的荷尔德林

我也是一只绵羊，为了一个理想，走在路上

2002-4-8

秋天十章

一

我固执地爱着流年

爱着山中的树木，土中的菊花

一条倒映着落叶林的

河流平坦的南岸

而南山，光荣，衰败

多少年……

二

木叶落在群山的时候

我正在屋中写字

写：流水汤汤

雾落为霜

大风在木

我思在槐杨

猛然的醒悟——我停住：

木叶已落满了群山

为什么我，滞留

不还

三

在清晨，有窗外的第一束光亮

还有地上的寒霜

堆积沟边的枯叶

吹过屋后树间的风

清晨木叶坠地的啪嗒声

我醒了——这些

是我必须带上

四

我忍受着清晨的天空

忍受着郊外树林中

哗啦啦的落叶

年复一年啊：它改变了什么？

街上，一个老乞丐在秋天

无声地折叠棉絮——

像打进一个邮包背走

那高过屋顶的繁华

落尽

五

窗外，几株毛白杨和苦楝树
安静了下来。两个月来
它们每天都在向地上
落着黄叶
今天，它们终于落空了

它们终于落空了
落空了——我望着窗外
想：这一切我该
向谁交代

六

从一片树林他获得了安宁
他一生未婚，无儿无女
被几座城市肆意击打
晚年靠乞讨延续卑微
最终他停在了一片树林中
"这么多叶片在落。"他的心。
这么多温暖的赠送、拍打、轻抚……

他合上了安静的心
满是落叶的树林
是他眼中最后的
今生

七

那老者扫着清晨
地上冰凉的落叶
我看了看那些叶片：
有杨树叶、槐树叶、榆叶
有椿树叶、柳叶、苦楝叶
一些梧桐叶上铺着白光
夜里落了寒霜

老者看看树梢的风，走了
我关上窗户——
返身入澄明

八

买一片山冈是有必要的
种两坡茱萸也不多余
只是夜里的狐狸，会梦到
早晨的霜落——这是思想
的赘物

我信任着：它
凋落的局部

九

下午，光阴开始为她的

老年凋谢，她察看精神
发现，一半已经上路
"凋落，我看了一生"
不再恐慌，毫不稀奇
以及眼前，这个倦怠
的老年

"当我能够接受秋天"
她缓缓起身，拂掉叶片
"也就是：我接受了消逝
或者：衰老。或者：死。"

十
你还有几百里的院落
还有椿树上几片伶仃的叶子
还有枯藤叶在墙外
的木架上哗啦啦作响
还有清晨薄雾缭绕的迷梦
铺在有落叶的地上的白霜
向阳的山林——它落空的北坡
在上午的寂静中有
无限辽阔的忧伤
你还有……时间
你还有

2004-11

入冬的生活 （一）

J，有什么是重要的？
季节的本意是要人间平静
有人却仍在为煤业弯腰
有人在为农业咳喘
（为了另一些人在冬天腹饱身暖）
有人在垃圾堆里翻捡一天的生活
身不由己被梦想醉倒

天空整日碧蓝，大风呼啸着
吹过其下的事物
我思索农业、生活、餐饭
我的左心却固执地想着
远山的牡丹

2004-12-10

树　丛

(给李建春)

从春到夏，它指引了飞鸟的方向：
沿低处的平地，一直向高处缓慢延展
到达坡冈，并覆盖了坡冈
那是在从前，那一大片树丛
曾云集了鸟雀，允许兔类和黄鼬栖息
自春至夏，在高处碧绿，吸引目光
每当风起，它便缓缓摇动，渐趋激烈
　　　轰然有声
我曾无数次去过那片坡冈，见到过那片树丛
从童年到少年，它是我的仰视，眺望，远方
它不开口，但接纳，容留
不改变现实，但引领，庇护，遮挡
并不喂养我，但总是带我离开

对于事物，也许我无知，愚拙
但也许：我有着更多的知晓，懂得
那是在从前，每当我去到坡冈
仰望着那片树丛，那树丛之巅
我看到：湛蓝，辽阔，明亮，静默

它指向别处，指向另一个地方

五月的晴空下，一条隐隐的路途，光亮

远处的群山上，或者在远方，森林轰响

像是谁的呼唤：归来，归来，归来，来——

然后渐渐地，一切消失了

只有风，树丛，寂静

仿佛一切只是想象，拼图，午夜的灵光

黎明狐狸的身影一闪，消遁在荒原

我看看四周：只有风，坡冈，寂静

树丛低视着我，也背依天空

但一切都不再是从前，仰望和风吹之前：

我，坡冈，树丛

以及树丛之巅，那辽阔，静默，湛蓝

我站在原地，在树丛之前

但它发生了：我看见了，并且听见

它确实发生了：我站在原地，但我离开过

生活，如果说我对它有所感激

我感激那成长之地

那一切的生长，呈现，存在

或者，让我彻底地远离往昔

远离阴影，偏颇，执拗

回到事物本身，事物的熟悉或陌生

　　浑浊或清晰

并不带来食粮，但让我仰视，眺望

并不改变现实，但总是带我离开

当它从世界上消失，连同那片坡冈

它留下了影子、庇护、记忆：留给我。

多年后当我仰视着其他的树丛，所有的树丛

我看到了它早年所给予我的：

纯粹，宽广，透彻

向着无名，向着静默生长

指向世界，指向另一个

多年后，我仰视着其他的树丛，那树丛之巅

我承认：那早年的树丛，以及眼前的树丛

所有的树丛，它们指引了今生，方向：

我捕捉高处，纯粹，幻象

而不捕捉现实，生活的轨常

2007-5-10

后记 | 向着朝霞，向着落日，向着永恒

这本诗集接续 2008 年所出版的《杜涯诗选》，录入的是 2007 年至 2015 年的"新作"。当然，为照顾喜欢怀旧的读者的心情，也选入了几首前期的"代表作"。诗集中卷六的"短诗辑"，为历年所写、因各种原因而没有选入以前诗集的部分短诗。诗集的名字《落日与朝霞》来自于我 2014 年所写的两首诗歌：《落日》《致朝霞》。

　　从 12 岁那年的 5 月我写出第一首"诗歌"算起，至今已有 30 多年了。30 多年来，我的时间、精力多交与了生活、衣食的挣扎，能安静写作的时间不多，因而写得较少，能拿得出手的就更少。我自己回首去看时，是很感到惭愧的。我不能确切知道我的诗歌有什么用，如果我的诗歌能够被一部分人（他们应该有着与我相似的生命、相近的心灵）喜欢，如果我的诗歌能够滋养、安慰他们的心灵，使他们在尘世的劳碌、苍凉的生活中得到些许的慰藉、温暖，那对我将是意外的奖励，一世忧悒而潦倒的我也会偶尔为此而感到幸福、欢乐的。

　　我承认：我爱自然胜过了爱人类。我时常觉得，我虽托生为人的外形，却有着一个自然的灵魂。相比于懂得人群，我更懂得自然。在我看来，自然界中的许多事物都是高尚、伟大的。而在爱自然之外，我同样也爱人类。谁能断言爱自然、爱远方的人就不爱人类呢？事实上爱自然、爱远方和爱人类并不相悖，就如高贵、典雅、大气可以和质朴、温良并存一样。我爱我的河南的那些善良的、宽容的、憨厚的，同时也可能是愚昧的、笨拙的、隐忍的乡亲们，无论外界怎样嘲笑、贬低、唾弃他们，我都永远永远地和他们站在一起。我的心，会永远对那些卑微者、卑贱者低伏、低垂。

对于我的诗歌，诗人、诗歌批评家、北京大学教授陈均在他新近的评论文章《杜涯诗发微》中，非常新鲜地提出了"心学"一说："即杜涯诗所处理个人与事物之间关系的方式，亦可命名为杜涯诗中的'心学'。此心学非同于中国思想史上的阳明心学等范畴（也不应混同），但是涉及'心'之学，即处理人与物之关系全在一心。"

接下来陈均阐述了自己很重要的观点："从表面上看，杜涯的写作是三十年一贯，处理的事物无非是自然，不管是乡村还是城市，不管是自然景观抑或人工景观，亦不管是草木还是宇宙，总而言之……是自然界的事物。而且多半是以抒情、沉思、追忆、遐想等方式。但是我注意到，在处理相似对象之时，随着时间的更替，作者的处理方式亦是渐进式的，也即一层一层深入到所描述的事物更深的部分。杜涯这一诗歌写作方式的意义，不在于她在中国诗坛的风景中是别具一样或聊备一格，而在于她的韧性和努力，在相同或相似的事物中探索着人之限度，而这一切往往是借助于她逐渐形成并加深的信念，或者说，心之力量愈强大，她所笼罩的事物亦会更宽广，她在事物和世界中打开的意义亦会更深。"

大约在过了30岁后，我便隐约看到了诗歌的巅峰，从那时起，我便一直在默默地往那顶部攀爬。生存的严酷和生活的挣扎之外，留给我的时间和精力已非常有限，我不敢浪费，我必须心无旁骛、集中精力、集中所有的力量往峰顶攀登。我之所以对所有的批评、劝说等都置之一笑，固执地写我的诗，原因就在于此。而在前路的半途中，我感到有一首较大的作品等在那里，它是什么，在很长的时间里我并不清楚。直到 2006 年冬天，我才知道了它是什么，而当时因忙于生存，到 2007 年 3 月我才写出了它，它便是长诗《星云》。《星云》是我前半生生命的一个总结、见证，是我留在半山腰的前期的劳动成就。自然有接收者，"他"就在半山腰那里等着。写完《星云》后，我松了一口气，好像把我背着的沉甸甸的劳动成就交给了那个接收者，感觉一下子轻松了。总之，我可以轻松地继续往峰顶攀登了。我甚至允许自己花费一些精力在语言上做一些有益的探索了。

我天生喜欢孤独，不善言辞、不擅与外界交往，近年又有意地向着孤独、退避于孤独，与外界很少来往。几年来，我愈来愈体会到了孤独之美好，并且完全彻底地喜欢上了孤独。事实上人在孤独中会有别样的认识、领悟、所得，这是上天对孤独者的美好的恩赐、报偿。假如我以后还有时日，我将继续写作，只是因为无法放弃、无法停下而已，只是尽自己的才情而已，只是说出"我之所以为我"的一切而已，"是为了让时光的流逝使我心安"而已。而在这一切之中，我想在孤独中纯净、安静地和自然待在一起，倾听自然和上天的声音，写诗、生活，然后在孤独中、在自然中老去、消散……

关于我的诗歌，我想说：我希望我的诗歌是山峰之顶，每天都朝向朝霞和落日，也朝向蔚蓝的天空和夜晚的星空，在冬天，山顶上则落满白雪。总之，它高远、纯粹、明亮，向着深邃、深广浩瀚，向着永恒。

我是多么感谢上天，在我少年时，上天就将诗歌恩赐给我，使我遇到诗歌、拥有诗歌。多年来我虽一直颠沛、窘困、卑微、黯淡，但内心却一直拥有中正、高贵、高尚、广阔以及尊严，并借助诗歌的翅膀，一次次地从现实生活的挣扎、黯淡、从有限的存在中脱出、飞离，抵达了梦想、光明、温暖，抵达了无限……

并且，多年来，虽然外部生活的动荡、挣扎、搅拌、磨砺等不由我，但上天对我仍是厚爱的：在这样黯然的沉郁的生活之暗中，他始终从高处用一缕光明照耀着我、引领着我，并小心地保护着我，完整地保住了我的一切——我的诗歌梦想、我的浪漫天性、我的对于大自然、对于未知世界、对于星空的向往和伫望……

39岁那年的秋天，我在北京时，一天我望着窗外的树木和天空，忽然意识到：这一生将要过完。从那时起，我便开始向着这欢乐与悲愁的世界、向自然、向万事万物做着缓慢的告别——以我的诗、我的文、我的泪、我的叹，以及眷恋、惆怅、环视、眺望等。但2013年冬天的一件偶然的事情使我认识到：人可以不惧死，但不能"向死"。从那以后，我就努力地生活，尽量使自己乐观，并开始逐渐地向着光明，向着生。

感谢北岳文艺出版社的续小强社长、刘文飞编辑，是他们的关注、共识、支持使我的这本新作诗集得以结集出版。感谢诗人、诗歌批评家周伟驰中正中肯的佳论！最后还要感谢我的弟弟杜建立，数年来是他对我的生活上不辞辛劳、任劳任怨的多方照顾，我才有现在比较安稳的生活，并继续写作。

少年时遇见诗歌、写作诗歌似乎还是昨日的事，可是转眼间已是不惑之年了。虽然多年来我的心、我的精神一直都生活在另一个世界里，一个遥远的世界里，但我毕竟还是凡体之躯，生命终会消逝的。但我无须悲观，因为我想到并且坚信：无论在此还是在彼，是人的形态还是消散为粒子的形态、清风的形态，无论山长水远、地老天荒，我都会向着朝霞，向着落日，向着蔚蓝的天空和夜晚的星空，向着高远、纯粹、精神、光芒，向着时间的方向，向着永恒眺望……

杜 涯
2014-12-26
2015-8-2

杜涯

1968 年生。河南许昌人。12 岁开始写诗。

曾做过护士、编辑等工作。

曾参加《诗歌报月刊》第一届"金秋诗会"、《诗刊》杂志社第 18 届青春诗会。

曾获"新世纪十佳青年女诗人"称号、"刘丽安诗歌奖"、《诗探索》年度奖、《扬子江》诗学奖、第七届鲁迅文学奖诗歌奖等。

代表作品

诗集

《风用它明亮的翅膀》（1998 年）

《杜涯诗选》（2008 年）

《落日与朝霞》（2016 年）

长篇小说

《夜芳华》（2011 年）

落日与朝霞——杜涯诗选 2007—2015

| 出品人 | 续小强 | 选题策划 | 刘文飞 | 责任编辑 | 刘文飞 |

出 品 人｜续小强　　　选题策划｜刘文飞　　　责任编辑｜刘文飞

复　审｜古卫红　　　终　审｜贾晋仁　　　书籍设计｜张永文

印装监制｜巩　璠　　　项目运营｜有度文化·刘文飞工作室

投稿邮箱｜liuwenfei0223@163.com

微　博｜http://weibo.com/liuwenfei0223　　　微信公众号｜txsk2013_